#한그릇으로_간편하게
#탄단지밸런스로_건강하게
#건강식도_가성비높게
#하루한끼_밸런스건강볼
#집밥과도시락_고민끝

KB007560

맛있는 요리를 만드는 레시피가 있는 것처럼 웃음, 힐링, 성장을 만드는 레시피도 있을까요?
레시피팩토리는 모호함으로 가득한 이 세상에서 당신의 작은 행복을 위한 간결한 레시피가 되겠습니다.

매일 만들어 먹고 싶은

탄단지
밸런스
건강볼

지속 가능한
건강한 라이프 스타일을
위한 한 끼로

**'탄.단.지 밸런스 건강볼',
어떠세요?**

지난 20여 년간 타지에서 대학, 대학원, 직장생활을 하면서
싱글 라이프에 익숙해져 있었습니다. 건강요리를 개발하는
테스트쿡으로 일하면서도 바쁘다는 핑계로, 때로는 스트레스로
외식과 배달 음식, 음주가 일상이 되기도 했습니다.
그러다 3년 전 고향으로 돌아와 부모님과 함께하게 되었어요.
저희 부모님은 인생에서 '건강'을 제일 중요한 키워드로
생각하는 분들이라, 음식도 늘 건강식으로 챙겨 드십니다.
덕분에 부모님과 지내면서 알고는 있었지만 실천이 쉽지
않았던 건강한 식습관으로의 변화가 하나둘 시작되었지요.

가끔 배달 음식과 정크푸드의 유혹에 넘어가고도 싶었지만
부모님의 레이더 안에서는 어느 하나 쉽지 않았습니다.
그래서 스스로 타협안을 정했는데요, 하루 한 끼는 먹고 싶은 걸
먹는 대신 다른 한 끼는 무조건 건강식을 챙겨 먹기로 했어요.
세 끼 모두 칼로리, 영양 따져가며 먹기란 쉽지 않더라고요.
그랬더니 외식과 음주는 눈에 띄게 줄었고, 배달 음식을
시키더라도 좀 더 건강한 메뉴를 선택하게 되었습니다.
하루 한 끼만큼은 나를 정화시키는 음식을 먹자는 다짐은
실행에 옮기기 쉬웠고, 오늘 하루도 해냈다는 작은 성취감마저
느낄 수 있었습니다. 지금은 그 하루 한 끼 건강식이
작심삼일을 넘고, 한 계절을 넘어, 해를 거듭하며 저의 일상으로
굳건히 자리 잡게 되었습니다.

하루 한 끼 건강식은 부모님과 함께 먹는 밥상일 때도 있지만,
대부분 제가 간소하게 만든 한그릇 요리들입니다. 이는 지난
10여 년간 레시피팩토리 헤드쿡으로 일하면서 직접 개발해
건강 요리잡지 <더 라이트>와 건강 요리책에 소개한 메뉴를
다채롭게 변형한 것들입니다. 많은 독자님들이 사랑해주셨던
이 책들은 제 식생활에도 지침이 되었고, 레시피 개발에도
양분이 되어 건강식을 다양하게 만들도록 해주고 있어요.

이번 책을 위해 저는 즐겨 만들어 먹는 한그릇 건강식 중에서
특히 맛있고 간단하고 주변 반응까지 좋았던 것들을 골랐고,
요즘 인기 많은 건강음식 전문점들의 메뉴들도 조사하고
분석했답니다. 이런 과정을 거쳐 한그릇으로 가장 즐기기 좋은
건강볼로 포케볼, 샐러드볼, 요거트볼, 수프볼 이렇게 네 가지를

선정했어요. 평소 건강식에 관심이 많았다면 자주 접했던
메뉴일 거예요. 또한 영양 분석을 통해 탄수화물, 단백질,
지방의 밸런스는 물론 비타민, 무기질 등도 풍부하게 담길 수
있도록 각각의 메뉴를 다시 점검하고 개발했어요.
정제된 탄수화물은 사용하지 않았고, 양질의 단백질과 지방,
충분한 식이섬유를 더하여 영양 밸런스를 맞췄습니다.
즉 포만감은 주고 열량은 가벼운 한그릇이죠.

하루 한 끼 건강식을 꾸준히 실천하려면 맛도 좋아야 합니다.
그래서 다양한 맛으로 즐길 수 있는 재료, 알록달록한 색감의
재료를 사용해 먹는 즐거움, 보는 재미도 추가했습니다.
또한 재료를 미리 소분하고 밑준비를 해두면 시작하기가
훨씬 수월하기 때문에 그 방법들도 소개했고, 구입한 재료를
이리저리 섞어 사용하면 남는 것 하나 없이 깔끔하게 사용할 수
있도록 대체 재료들도 넉넉히 제안했습니다.
만들기도 간단하니 도시락이나 브런치로 활용하기에도 좋아요.

음식을 섭취하는 시간은 짧은 시간에 불과할지도 모릅니다.
단순하게 보면 우리의 몸을 이루는 영양들을 채워가는
시간이기도 하지만, 어떤 음식을 어떻게 먹느냐 하는 것은
전반적인 라이프 스타일을 결정하는 중요한 일이기도 합니다.
어느덧 저는 '건강'이라는 키워드에 시간과 비용을 지불할
준비가 되어있는 40대에 들어섰습니다. 이 책은 가볍고
건강하게 먹고 싶지만 방법을 몰라 막연하거나, 겨우 찾아낸
방법이 어렵고 번거로워 꾸준하게 이어갈 자신이 없는 저와
같은 분들에게 도움이 되었으면 좋겠습니다. 또한 건강한
라이프 스타일을 추구하는 분들에게 '탄.단.지 밸런스 건강볼'이
지속 가능한 건강식이 될 수 있길 소망합니다. 한그릇에 영양,
맛, 식감, 색감 등의 요소를 모두 녹여냈으니 종합영양제처럼
매일 챙겨 드시고 더욱 건강해지시길 바랍니다.

끝으로, 이렇게 책을 낼 수 있도록 믿고 도와주신 저의 영원한
멘토 박성주 편집주간님, 그리고 끊임없는 지지를 보내주신
부모님께 감사 인사를 드립니다.

2024년 4월 ——————————————— 배정은

CONTENTS

06 PROLOGUE
지속 가능한 건강한 라이프 스타일을 위한 한 끼로
'탄.단.지 밸런스 건강볼', 어떠세요?

12 BASIC GUIDE
14 탄.단.지 밸런스 왜 중요할까요?
16 탄.단.지 밸런스 건강볼이란?
18 탄.단.지 밸런스 건강볼 4가지
20 4가지 건강볼, 이렇게 구성했어요!
24 탄.단.지 밸런스를 위한 재료들
28 맛과 풍미를 더하는 재료들
30 미리 만들어두는 재료들
32 자주 사용하는 재료 손질 & 보관법
34 포케볼과 샐러드볼에 활용하는
   소스 & 드레싱 총정리

177 INDEX
재료별

36 Poke Bowl

38 구운 채소와 두부면 포케볼
40 두부 소보로 포케볼
42 구운 두부와 새우 포케볼
44 유부와 참치 포케볼
48 아보카도 달걀장 포케볼
50 데리야키 치킨 포케볼
52 불닭 포케볼
56 바질 치킨 버섯 포케볼
58 훈제오리 부추 포케볼
60 제육 포케볼
62 참나물 우삼겹 포케볼
64 와사비 스테이크 포케볼
66 참치 포케볼
70 매콤 연어 포케볼
72 갈릭 새우 포케볼
74 동남아풍 오징어 포케볼
75 들기름 명란 포케볼
80 와사비 참치 포케볼

82 Salad Bowl

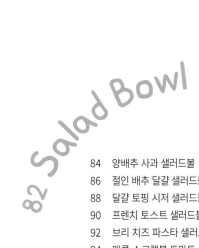

84 양배추 사과 샐러드볼
86 절인 배추 달걀 샐러드볼
88 달걀 토핑 시저 샐러드볼
90 프렌치 토스트 샐러드볼
92 브리 치즈 파스타 샐러드볼
94 매콤 스크램블 토마토 살사 샐러드볼
95 치킨 퀴노아 케일 샐러드볼
100 오이탕탕이 치킨 샐러드볼
102 월남쌈 샐러드볼
104 버거 샐러드볼
106 파프리카 불고기 샐러드볼
108 구운 연어 파인애플 살사 샐러드볼
112 브로콜리 새우 샐러드볼
116 아보카도 게맛살 샐러드볼
118 발사믹 소시지 샐러드볼
120 소떡소떡 샐러드볼

122 Yogurt Bowl

124 바나나 브레드 요거트볼
126 당근 사과 요거트볼
128 단호박 검은콩 요거트볼
130 구운 떡 과일 요거트볼
132 치아푸딩 베리 요거트볼
134 케일 망고 요거트볼
136 자몽 홍차 요거트볼
138 구운 감자 차즈키볼
142 고마토 요거트볼
144 병아리콩 시금치 요거트볼
146 토마토 바질 달걀 요거트볼
148 양배추 소시지 요거트볼

150 Soup Bowl

152 브로콜리 감자 수프볼
154 구운 채소 카레 수프볼
156 구운 버섯 오트밀 수프볼
158 오트밀 된장 수프볼
160 감태 달걀 수프볼
164 토마토 누룽지 수프볼
168 매콤 치킨 누들 수프볼
172 쇠고기를 더한 마녀 수프볼
174 연두부 미역 수프볼

레시피를 따라 하기 전에 꼭 읽어보세요

이 책에는 탄.단.지 밸런스 건강볼 55가지 레시피가 소개되어 있습니다.
레시피를 따라 하기 전에 레시피의 구성 요소들을 확인하고 똑똑하게 활용해보세요.

4 과정의 흐름을 볼 수 있는 과정 사진
요리할 때 실수하기 쉬운 포인트를
짚어주고, 요리 상태를 확인할 수 있도록
큼직한 과정 사진들로 자세히 보여
드립니다.

5 새롭고 다양한 활용법과 응용법
재료를 대체하는 방법이나 좀 더 가볍게
먹는 방법, 좀 더 든든하게 먹는 방법 등
다양한 활용과 응용법을 알려드려요.

1 담음새나 완성량을 알 수 있는 완성 사진 & 메뉴 설명
한그릇에 담긴 완성 사진을 보고 예쁘게 담은 모습을 따라 할 수 있도록
모든 재료가 보이게 촬영했습니다.

2 정확한 탄.단.지 밸런스 그래프와 열량
한그릇에 들어있는 탄수화물, 단백질, 지방의 비율을 한눈에 볼 수 있도록
그래프로 만들고 한그릇을 모두 섭취했을 시 칼로리를 소개합니다.

3 메뉴의 특성을 한눈에 확인할 수 있는 아이콘
각 레시피의 들어간 재료와 영양 성분에 따라 메뉴의 특성을 한눈에 알 수 있는
아이콘을 넣었습니다. 메뉴를 고를 때 확인 후 따라해 보세요.

초간단 불조리가 없거나 15분 내로 간단히 만들 수 있는 메뉴

도시락 식어도 맛있고 포장했을 때 형태의 변형이 많이 없는 메뉴

저탄수 비교적 탄수화물 함량이 적은 메뉴

고단백 비교적 단백질 함량이 많은 메뉴

고식이섬유 식이섬유가 풍부해 변비 예방과 장 건강에 좋은 메뉴

비건 프렌들리 채식에 가깝고 채소 함량이 많은 메뉴

저자 추천 저자가 강력하게 추천하는 더 맛있는 메뉴

이 책의 모든 레시피는요!

☑ **표준화된 계량도구를 사용했습니다.**

- 1컵은 200㎖, 1큰술은 15㎖, 1작은술은 5㎖
  기준입니다.
- 계량도구 계량 시
  윗면을 평평하게 깎아
  계량해야 정확합니다.
- 밥숟가락은 보통 12~13㎖로
  계량스푼(큰술)보다 작으니
  감안해서 조금 더 넉넉히 담아야 합니다.

☑ **채소는 중간 크기를 기준으로,
탄.단.지 밸러스 건강볼 완성은 1인분을
기준으로 제시했습니다.**

- 양파, 당근, 오이, 단호박 등 개수로 표시된
  채소는 너무 크거나 작지 않은 중간 크기를
  기준으로 개수와 무게를 표기했습니다.
- 완성 분량(인분)은
  특별한 경우를
  제외하고는 맛을 위해
  1인분을 기준으로
  소개합니다.

basic guide **베이직 가이드**

BASIC GUIDE

탄수화물, 단백질, 지방의 밸런스를 맞춰 먹으면 건강에 좋은 이유가 무엇인지 알아보고,
탄.단.지 밸런스 건강볼에서 어떤 기준으로 그 밸런스를 맞추었는지 소개합니다.
또한 이 책에서 추천하는 네 가지 건강볼인 포케볼, 샐러드볼, 요거트볼, 수프볼을
어떻게 구성하면 좋은지, 어떻게 먹으면 더 맛있고 건강하게 즐길 수 있는지도 짚어드릴게요.
자주 사용하는 재료들, 소스와 드레싱도 싹 모아 정리했으니 알차게 활용하세요.

* **자문** 이지연(영양학 및 건강식 전문가)

탄.단.지
밸.런.스
왜 중요할까요?

우리에게 꼭 필요한 5가지 필수 영양소,
탄수화물 / 단백질 / 지방 / 비타민 / 무기질.
이들 중 '탄.단.지'라고 불리는 앞의 세 가지 영양소는
우리 몸을 구성하고 조절하는 역할은 물론
에너지원이 되는 특히 중요한 필수 3대 영양소랍니다.

 같은 칼로리를 먹더라도 그 열량을 구성하는
'탄.단.지 밸런스'를 적절히 맞춰 먹는 것은 건강에 있어
중요한데요, 왜냐하면 이들 중 한 가지라도
지속적으로 부족하게 또는 과다하게 섭취할 경우
각 영양소가 서로에게 영향을 끼치기도 하고
제 역할에도 충실할 수 없기 때문이에요.

 예를 들어, 탄수화물 섭취가 많이 부족하면
단백질이 열량원으로 쓰여 단백질이 꼭 해야 하는
역할을 제대로 못하게 됩니다.
단백질이 부족해지면 뼈와 근육은 약해지고
머리카락이 얇아지며 손발톱도 잘 깨지게 되지요.
또한 지방이 부족하면 지용성 비타민 흡수나 호르몬
생성, 세포 기능 유지 등에 좋지 않은 영향을 끼쳐요.

그래서 세 가지 영양소를 균형 있게 먹어야 합니다.
무엇보다 중요한 것은 이들 영양소를 정제되지 않은
건강한 자연재료를 통해 섭취해야 한다는 것입니다.

탄.단.지
밸.런.스
건강볼이란?

탄수화물, 단백질, 지방을 적절한 비율로 맞춰
간편하게 한그릇 '볼' 형태로 즐기는 음식을 말합니다.
건강한 자연재료로 요리하는 것은 기본이고
맛, 식감, 색감에 있어서도 밸런스를 맞추어
누구나 간편하게 만들고, 맛있게 먹도록 만들었지요.
그렇다면 영양 밸런스, 칼로리의 기준과 탄.단.지를
맞추기 위해 어떤 재료들을 활용했는지 소개할게요.

* **참고** 한국인 영양섭취 기준(보건복지부)

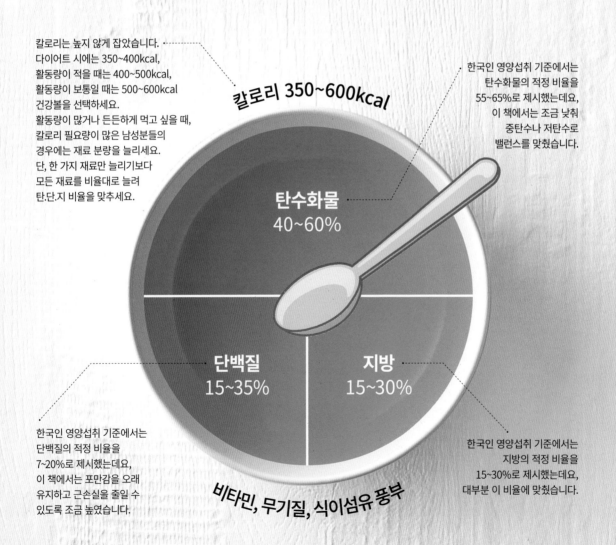

칼로리는 높지 않게 잡았습니다.
다이어트 시에는 350~400kcal,
활동량이 적을 때는 400~500kcal,
활동량이 보통일 때는 500~600kcal
건강볼을 선택하세요.
활동량이 많거나 든든하게 먹고 싶을 때,
칼로리 필요량이 많은 남성분들의
경우에는 재료 분량을 늘리세요.
단, 한 가지 재료만 늘리기보다
모든 재료를 비율대로 늘려
탄.단.지 비율을 맞추세요.

한국인 영양섭취 기준에서는
탄수화물의 적정 비율을
55~65%로 제시했는데요,
이 책에서는 조금 낮춰
중탄수나 저탄수로
밸런스를 맞췄습니다.

칼로리 350~600kcal

탄수화물
40~60%

단백질
15~35%

지방
15~30%

한국인 영양섭취 기준에서는
단백질의 적정 비율을
7~20%로 제시했는데요,
이 책에서는 포만감을 오래
유지하고 근손실을 줄일 수
있도록 조금 높였습니다.

한국인 영양섭취 기준에서는
지방의 적정 비율을
15~30%로 제시했는데요,
대부분 이 비율에 맞췄습니다.

비타민, 무기질, 식이섬유 풍부

탄수화물

* 뇌와 몸에 에너지를 공급하는 주 에너지원, 1g당 4kcal 에너지 제공.

* 최근 대사증후군을 비롯한 생활습관병을 일으키는 주원인으로 꼽히고 있는데,
이는 탄수화물 자체가 문제라기보다 고열량, 단순당의 음식을 너무 많이
먹거나 가공식품 등을 통해 건강하게 먹지 않기 때문인 경우가 많습니다.

* 탄.단.지 밸런스 건강볼에서는 몸에 빨리 흡수되는 정제 탄수화물이 아닌
복합 탄수화물이 풍부한 현미밥, 메밀면, 통밀 파스타, 퀴노아, 두부, 콩 등을
사용해 혈당을 안정적으로 유지할 수 있도록 했습니다.
이들은 식이섬유도 풍부해 탄수화물의 소화 흡수가 천천히 되도록 해
뚱보 호르몬이라고 불리는 '인슐린' 분비를 더디게 합니다.

단백질

* 인체 내 조직 형성과 대사 조절 역할을 하는 영양소, 1g당 4kcal 에너지 제공.

* 단백질(protein)은 그리스어로 '중요하다'라는 뜻의 'proteios'에서
유래되었을 정도로 우리 몸에 아주 중요한 영양소입니다.
단백질 식품이라고 하면 대부분 고기와 달걀 등을 떠올리지만
동물과 식물에 모두 존재하고 있습니다. 그러므로 동물성, 식물성 단백질을
다양한 음식을 통해 섭취하는 것이 바람직합니다.
또한 육류, 유제품, 가공육 등의 동물성 단백질 식품은 포화지방 함량도
높기 때문에 단백질 역시 어떤 식품을 선택하는지가 중요합니다.

* 탄.단.지 밸런스 건강볼에서는 지방이 적은 부위의 육류, 생선, 달걀 등을
기본적으로 사용하며 병아리콩, 두부, 단백질 함량이 높은 슈퍼 곡물 등
식물성 단백질도 골고루 사용했습니다.

지방

* 지용성 비타민 흡수, 뇌 세포 및 호르몬 생성 등에 관여하는 영양소,
1g당 9kcal 에너지 제공.

* 탄수화물처럼 건강을 위협하는 해로운 영양소로 억울한 오해를 받곤 합니다.
트랜스지방과 같이 변형된 지방은 혈관 속이나 복부에 쌓이면 건강에
치명적일 수 있으나, 지방 역시 효율적인 에너지원으로 우리 몸의 체온 유지에
관여를 합니다. 또한 지용성 영양소의 흡수 및 운반을 돕기 때문에 반드시
섭취해야 하는 영양소입니다.

* 탄.단.지 밸런스 건강볼에서는 지방이 특히 중요한 역할을 합니다.
탄수화물의 소화와 흡수를 지연시켜 혈당의 급격한 상승을 억제하기
때문이지요. 메뉴에서는 포화지방은 적고 불포화지방은 풍부한
올리브유, 들기름, 참기름, 견과류를 사용했습니다.

샐러드볼

요거트볼

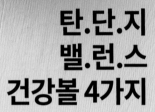

탄.단.지
밸.런.스
건강볼 4가지

이 책에는 탄.단.지 밸런스를
맞춰 한그릇으로 먹기 좋은 최적의
건강볼로 4가지를 추천합니다.
요즘 건강식으로
큰 사랑을 받고 있는 포케볼,
다채롭고 가볍게
먹기 좋은 샐러드볼,
간편하게 만들 수 있어
더 각광받는 요거트볼,
날씨가 추울 때나
입맛이 없을 때 제격인 수프볼.
이 네 가지 건강볼을
하나씩 만나보세요.

포케볼

수프볼

우리 입맛에도 잘 맞아 요즘 인기가 더 높아진

포케볼 ————————————

* 건강한 배달식의 대표 메뉴로 손꼽히는 포케는 하와이의 대표적인 로컬 요리입니다.
'포케(poke)'란 하와이어로 '자르다', '십자형으로 조각내다'라는 뜻으로
익히지 않은 해산물과 채소를 작게 조각내어 소스에 비벼 먹는 메뉴이지요.
균형 잡힌 영양소를 골고루 담아 체력소모가 많은 하와이의 서퍼들이 주로 즐기는
음식이라 '서퍼스 밀(sufer's meal)'이라는 별칭도 가지고 있답니다.

* 이 책의 포케볼은 포케 전문점의 인기 메뉴를 집에서 더 맛있고 건강하게
만들 수 있는 방법을 제시했습니다. 가장 기본이 되는 참치, 연어 포케뿐만 아니라
육류, 두부, 콩, 채소, 과일 등 건강한 재료를 토핑으로 제시했고 맛있는 드레싱들도
다채롭게 소개했습니다.

이제 건강식의 대명사가 되어 더 친숙해진

샐러드볼 ————————————

* 샐러드의 어원은 라틴어 '살라트(salat, 소금)'입니다. 생채소에 소금, 올리브유
정도만 더해 간단히 먹는 음식이 샐러드의 시작이기 때문이에요. 지금도 샐러드는
메인 요리에 곁들이는 사이드 채소요리로 생각하는 이들이 많은데요, 어떤 재료와
드레싱을 조합하느냐에 따라 그 무엇보다 든든한 한그릇 건강식이 될 수 있답니다.

* 이 책의 샐러드볼은 채소가 주인공이 되는 일반적인 샐러드에 국한되지 않고,
다양한 탄수화물과 단백질 재료를 사용하여 샐러드도 끼니가 될 수 있도록
포만감 있게 구성했습니다.

건강한 그릭 요거트와 토핑으로 간편하게 만드는

요거트볼 ————————————

* 요거트볼은 요거트에 과일, 채소, 오트밀, 견과, 씨앗 등을 풍성하게 더해 먹는
건강식입니다. 만들기 간편하고 비주얼도 예뻐 아침식사나 주말 브런치로 특히
활용하기 좋습니다.

* 이 책의 요거트볼은 요거트에서 유청을 제거한 꾸덕한 그릭 요거트를 활용했습니다.
그릭 요거트만 쓰기도 하고, 그릭 요거트에 맛과 건강, 색감 등에 변화를 줄 수 있는
재료를 섞어 베이스를 만들기도 했습니다. 또한 요거트에 토핑만 올리는
전형적인 요거트볼 외에 요거트를 베이스로 조금 더 요리처럼 즐길 수 있는
이색적인 요거트볼도 소개했습니다.

속을 편안하고 따뜻하게 해주는 건강한 한그릇

수프볼 ————————————

* 다른 건강볼에 비해 조금 손이 가지만, 국물과 함께 따뜻하게 먹을 수 있기 때문에
날씨가 추울 때나 몸의 컨디션이 좋지 않을 때, 소화가 잘 되지 않을 때 먹으면
정말 좋은 건강볼입니다.

* 이 책의 수프볼은 국물을 위주로 떠먹는 일반 수프와는 달리 국물에 건더기나
토핑이 듬뿍 올라간 수프볼입니다. 넉넉한 건더기 덕에 다양한 식감을 느끼고
끼니가 될 수 있도록 포만감을 줍니다. 다양한 건더기를 사용하여 풍미를
내었기 때문에 육수나 조미료의 사용을 최소화하고 재료 자체의 맛이 충실하게
우러날 수 있도록 만들었습니다.

4가지 건강볼,
이렇게 구성했어요!

Poke Bowl

드레싱
포케의 모든 구성요소를 최종적으로 어우러지게 도와주는 연결고리 역할을 합니다. 드레싱은 감칠맛, 상큼한 맛, 크리미한 맛,
매콤한 맛 등 취향에 맞게 자유롭게 선택해도 좋습니다. 드레싱을 넣고 다함께 버무려도 좋고, 따로 곁들여 찍어 먹어도 좋아요.

토핑
포케에 색다른 식감을 더해주는 재료입니다. 혹은 킥이 되는 재료가 될 수도 있습니다. 김가루, 견과류, 톡톡 튀는 날치알,
고소하고 바삭한 양파 플레이크 등 메뉴의 한 끗을 살려주는 토핑을 활용하여 완성도를 높일 수 있습니다.

서브
메인 재료와 드레싱의 조합을 고려해 맛을 보완하고 시너지를 더할 수 있는 재료들입니다.
수분감을 채워줄 채소나 크리미한 식감의 아보카도, 달걀, 병아리콩, 상큼하고 아삭함을 채워주는 해초, 당근(양배추)라페,
양파 절임 등이 있습니다. 기호에 따라 다양하게 응용 가능하며 냉장고 속 자투리 채소를 활용해도 좋아요.

메인
단백질 재료 전통 포케는 연어, 참치 등의 해산물을 주로 사용하지만, 책에서는 포만감을 더하고
맛의 중심을 잡아줄 수 있는 다양한 단백질 군을 사용했습니다. 어·육류뿐만 아니라
단백질이 풍부한 채소, 콩, 두부 등 다양한 단백질 사용을 제안하고 밸런스를 더합니다.
탄수화물 재료 현미밥, 통밀 파스타, 메밀면을 주로 사용했습니다. 메뉴 밸런스를 해치지 않되
다른 재료들과 겉돌지 않고 적당한 흡수력을 가져 드레싱과도 조화로울 수 있는 재료들로
선정했습니다. 탄·단·지 밸런스를 해치지 않고 포만감을 줄 수 있는 적정량만 넣었습니다.

베이스
샐러드 채소 모든 포케볼에 기본으로 들어가는 샐러드 채소는 기본적인 포만감을
더하고, 식이섬유 섭취를 돕습니다. 베이스가 되는 샐러드 채소는
특별히 향이 있거나 맛이 강한 채소보다는 아삭한 식감과 무난한 맛을
가진 케일, 로메인, 양상추 등을 추천합니다.

Salad Bowl

드레싱

모든 구성 요소를 이어주는 역할을 하며 맛에 포인트를 더해줍니다.
드레싱은 감칠맛, 상큼한 맛, 크리미한 맛, 매콤한 맛 등 취향에 맞게 자유롭게 선택해도 좋습니다.
드레싱을 넣고 다함께 버무려도 좋고, 따로 곁들여 찍어 먹어도 좋아요.

서브

탄수화물 재료 샐러드볼의 밸런스를 맞추는 데 큰 역할을 하는 재료입니다.
단백질 메인과 더불어 포만감을 더해주는 역할을 합니다. 현미밥과 비슷하지만 고소하고
전처리가 간단한 퀴노아, 복합 탄수화물인 단호박이나 감자와 같은 전분질 채소,
현미떡, 구운 곡물빵, 통밀 또띠야를 곁들여 탄수화물을 섭취하도록 제안합니다.

메인

단백질 재료 고기, 생선, 두부, 콩 등을 굽거나 데치는 열조리를 통해 다양한 방식으로
섭취할 수 있도록 구성했습니다. 기호에 따라 변경 가능하도록 각 메뉴마다 대체 재료를
적어 두었으니 참고해서 마음껏 변형해 즐겨도 좋아요.

베이스

채소 샐러드 채소가 주로 사용되지만 냉장고에서 흔히 볼 수 있는 알배기배추나 쌈채소도 주인공이
될 수 있습니다. 채소를 절여 식감을 살리고 섭취량을 늘리거나, 으깬 채소를 사용하여 양념의
흡수성을 늘리고 존재감을 살리는 등 다양한 형태로 다채롭게 메뉴 구성을 했습니다.

Yogurt Bowl

토핑

지방, 식이섬유 재료 상큼한 과일과 바삭한 그래놀라, 견과류 토핑을 더해
식감을 채우고 채소나 달걀 등이 올라가는 요거트에는
상큼한 허브, 쪽파 등을 곁들여 맛의 어우러짐이 좋아지게 합니다.

메인

단백질, 탄수화물 재료 탄.단.지 밸런스를 맞춰주는 재료들입니다.
달걀이나 구운 소시지를 올려 단백질을 채울 수도 있고,
삶은 단호박, 삶은 병아리콩을 추가하여 포만감을 더하기도 합니다.

베이스

그릭 요거트 으깬 과일을 더하거나, 과일을 함께 갈아
베이스를 만들면 요거트에 농도가 생기고 맛의 중심을 잡아줍니다.
특히 바나나는 묵직하고 크리미한 단맛이 있으며
다른 재료들과 잘 어울려 활용도가 좋으나, 당도가 높으니
하루 1개 정도만 섭취하세요. 또는 갖은 양념을 더하고,
허브나 레몬을 넣어 풍미를 더하면 탄.단.지 밸런스를 맞출 수 있는
다양한 재료를 올릴 베이스가 됩니다.

Soup Bowl

토핑

지방, 식이섬유 재료 쪽파, 통후추, 통깨 간 것, 견과류, 치즈 등을 더해
색감과 식감 그리고 감칠맛까지 더했습니다.
주재료는 아니지만 빠지면 아쉬운 재료들이지요.

메인

탄수화물 재료 병아리콩, 통밀 파스타, 현미떡, 현미 누룽지, 오트밀 등을
넣어 포만감을 더했고, 다양한 식감을 냈습니다.
탄수화물 재료를 넣으면 국물에 걸쭉한 농도를 낼 수 있어요.

베이스

국물 육수 코인을 사용하거나 볶은 재료를 물에 끓여 감칠맛을 냈습니다.
우유, 두유 등을 더하면 크리미한 풍미를 낼 수 있습니다.

탄.단.지 밸런스를 위한 재료들

현미밥 탄 단

포케볼에는 모두 현미밥을
사용했어요. 다른 잡곡밥에 비해
소스 흡수력이 좋아 겉돌지 않고,
다른 재료들과 잘 섞여 무난하게
활용하기 좋기 때문이에요.
현미는 백미보다 식이섬유가 3배 이상
많아 적은 양으로도 포만감이 크고,
비만과 변비 예방에도 도움을 줍니다.
씹을수록 고소한 풍미가 나는 것도
특징이지요. 현미밥은 동량의
다른 잡곡밥으로도 대체 가능합니다.

현미 가래떡 탄 단

흰쌀이 아닌 현미로 만든 가래떡으로
샐러드볼, 요거트볼, 수프볼 등에
다양하게 어울립니다. 식감은 조금
거칠지만, 씹을수록 고소해지는 맛이
매력이죠. 쫄깃한 식감으로
음식에 색다른 맛을 느끼게 해주고,
포만감도 더합니다.

오트밀 탄 단

귀리를 눌러 만든 오트밀은 탄수화물은
물론 단백질도 많은 재료입니다.
고소하면서도 크리미한 맛이 있어
유제품의 눅진함을 비슷하게 구현할
수 있습니다. 그래서 수프볼이나
요거트볼에 특히 잘 어울린답니다.

병아리콩 탄 단

탄수화물은 물론 단백질 함량도 많은
편이라 밸런스 볼에 자주 사용합니다.
콩 특유의 향이 가장 적고 삶은 밤과
비슷하게 담백한 맛을 내서 포케볼,
수프볼, 요거트볼에 모두 어울려 두루
활용하기 좋습니다.

퀴노아 탄 단

풍부한 단백질과 톡톡 씹히는 식감,
구수한 향이 좋은 슈퍼 곡물로,
전처리도 간단하고 익히는 시간도 짧아
조리 시간을 줄여주지요.
포케볼이나 샐러드볼에 넣으면
포만감을 더하고 탄수화물, 단백질을
채워주는 역할을 합니다.

탄수화물, 단백질, 지방의 비율을 맞추기 위해 이 책에서 가장 많이 쓰인 재료들을 정리했어요. 각 재료에 어떤 영양소가 많은지 아이콘으로 확인하고 기호에 따라 대체해도 됩니다.

탄 탄수화물이 풍부한 재료
단 단백질이 풍부한 재료
지 지방이 풍부한 재료

곡물빵 **탄**

하얀 밀가루로 만든 빵보다는 식이섬유가 풍부한 통밀, 호밀, 잡곡이 들어간 것을 활용했습니다. 같은 곡물빵이라도 가급적 버터나 설탕 함량은 적은 것을 고르세요. 탄.단.지 밸런스 건강볼에서 자칫 부족할 수 있는 탄수화물을 완벽하게 채워주는 역할을 하며 포만감을 든든하게 더해줍니다.

메밀면 **탄** **단**

메밀 함량이 높은 메밀면을 사용할 것을 추천합니다. 메밀 함량이 높은 메밀면은 뚝뚝 끊기고 식감이 다소 거칠게 느껴질 수 있으나, 메밀 특유의 담백하고 깊은 맛이 있습니다. 특히 포케볼에서 사용되는 메밀면은 투박하지만 다른 재료와 만나면 건강한 면 샐러드를 먹는 느낌을 준답니다.

통밀 파스타 **탄** **단**

일반 파스타에 비해 고소한 풍미가 있고 좀 더 거칠기 때문에 오래 씹게 하는 장점이 있습니다. 파스타 면은 종류에 따라 모양과 식감이 다양한데, 크기가 작은 쇼트 파스타는 포크 대신 숟가락으로 떠먹을 수 있어 포케볼, 샐러드볼, 수프볼 등에 유용하게 활용할 수 있습니다.

단호박, 고구마 **탄**

탄수화물과 식이섬유를 동시에 섭취할 수 있는 대표적인 전분질 채소로 묵직한 단맛이 특징입니다. 포만감을 주는 동시에 매운 요리에 더하면 매운맛을 중화시키는 역할도 합니다.

두부 **단**

식물성 단백질 급원의 대표주자. 열량 대비 높은 포만감을 자랑합니다. 두부 역시 달걀처럼 요리에 다양하게 활용할 수 있는 것이 큰 장점입니다. 두부는 형태에 따라 수분과 단백질 함량에 차이가 있으니, 참고하여 영양 밸런스를 맞추세요.

두부면 **단**

두부를 압착시켜 면처럼 얇게 만든 두부면은 응축된 고소한 맛과 쫀득한 식감으로 다양하게 활용될 수 있어요. 열을 가하거나 시간이 지나도 불지 않기 때문에 도시락 메뉴로 활용하기 좋고, 면의 형태를 하고 있어 양념이 고루 잘 밴다는 장점이 있습니다.

쇠고기 단 지

탄.단.지 건강볼에서 많이 쓰인 부위를 소개할게요. 안심은
지방이 적지만 식감이 부드럽고 풍미가 담백해 건강식에
활용하기 좋아요. 샤부샤부용이나 불고기감은 주로 채끝이나
홍두께살처럼 지방이 적은 부위를 얇게 썬 것으로 볶음이나
국물 요리에 추천해요. 우삼겹은 지방 함량이 높지만,
특유의 감칠맛이 있어 포케 전문점에서 인기가 많은 식재료 중
하나입니다. 고소한 풍미가 강하고 고기가 얇아 조리 시간이
짧은 것이 특징이지요. 기름기가 많으면 조리 후 키친타월에
올려 기름기를 뺀 후 담으세요.

무첨가 땅콩버터 단 지

특유의 독보적인 고소한 풍미로 건강볼의 감칠맛을 높이는
역할을 합니다. 땅콩 속 불포화지방산은 우리 몸의 갈색지방을
활성화시켜 몸에 열을 내고 칼로리 소모를 돕기 때문에
특히 아침에 먹으면 지방을 태우는 역할을 해요.
또한 오전에 먹으면 점심 때 탄수화물 섭취를 많이 해도
혈당이 급격하게 상승하지 않도록 도움을 줍니다.
맛으로나, 영양면에서 장점이 많은 재료이지요.
가급적 당이나 첨가물이 적은 100% 땅콩으로
만든 것을 고르세요. 시판 제품 중 슈퍼너츠를 추천해요.

돼지고기 단 지

지방 함량이 낮은 안심과 앞다리살을
사용했어요. 육질이 부드럽고
담백한 안심, 얇게 슬라이스해
열조리가 용이한 앞다리살은
다른 재료들과 맛의 조화가 좋고
양념과도 잘 어우러진답니다.

닭고기 단

담백함을 더할 때는 닭가슴살을,
구이의 풍미와 촉촉한 식감을 살릴 때는
닭다리살을 사용했습니다.
두 재료 모두 동량 대체 가능하고,
익히는 시간은 고기 두께에 따라
가감하세요. 닭가슴살은 익혀져 나온
시판 제품을 사용해도 되는데,
가급적 첨가물이 적은 것을 고르세요.

닭가슴살 소시지 단

닭가슴살로 만든 가공육으로
돼지고기로 만든 소시지보다
기름기가 적어 담백하고,
육즙이 풍부해 식감이 부드러워요.
단백질 급원으로 밸런스를 더해도
좋고, 간식으로 활용해도 좋아요.
첨가물이 적은 것을 고르세요.

 탄 탄수화물이 풍부한 재료

단 단백질이 풍부한 재료

지 지방이 풍부한 재료

달걀 단 지

탄.단.지 밸런스 건강볼에서
가장 기본이 되는 단백질 급원이자
포만감을 주는 역할을 합니다.
완숙, 반숙, 프라이, 스크램블,
수란 등 다양한 조리법으로
요리할 수 있어 활용도가 높아요.

그릭 요거트 탄 단 지

일반 요거트에서 수분과 유청을
제거하여 단백질 비율을 높인 것으로
농후하고 진하면서 쫀득한 것이
특징입니다. 특유의 산미가 있어
의외로 어떤 요리와도 잘 어울립니다.
레몬즙이나 핫소스, 머스터드,
허브 등을 곁들이면 풍미가 배가되죠.
* 그릭 요거트 만들기 32쪽

견과류 지

호두, 아몬드, 피스타치오,
헤이즐넛 등 다양하게 사용했습니다.
불포화지방산이 풍부해 영양 밸런스를
맞추는데 도움을 주지요.
고소한 풍미, 바삭한 식감으로
밸런스볼에 개성을 더하는 역할도
합니다. 토핑으로 곁들이기 좋아요

아보카도 지

지방 함량이 높은 담백한 과일로
'숲속의 버터'라고도 불립니다.
고소하고 크리미한 풍미가 특징이에요.
탄.단.지 밸런스 건강볼에 더하면
건강한 불포화지방산을 섭취할 수 있고
포만감을 높여주며 크리미한 소재를
사용해 다양한 식감을 내는 역할을
합니다.

연어 단 지

비타민과 무기질, 오메가 3 지방산이
풍부한 연어는 회, 구이, 절임 등
요리 활용도가 높은 생선이에요.
포케 전문점의 기본 포케로 빠지지 않는
인기 메뉴가 연어 포케이기 때문에
이 책에서도 포케볼에 많이
활용했습니다. 연어는 가능하다면
자연산을 구입하세요.

생새우살 단 지

탱글한 식감과 감칠맛 덕에 다양하게
사용하기 좋아요. 구입할 때는
익혀서 냉동한 주황색 새우살은
풍미가 약하니, 손질만 해서 냉동한
회색의 생새우살을 고르세요.
차가운 물에 10~20분 정도 담가
해동한 후 바로 요리하면 됩니다.

맛과 풍미를 더하는 재료들

양파 플레이크

양파를 튀겨 가공한 것으로 포케볼이나 샐러드볼에 바삭한 식감을 더하는 토핑으로 잘 어울려요. 은은한 양파의 풍미가 감칠맛도 상승시켜줍니다. 칼로리가 높을 수 있으니 한그릇에 1~2큰술 정도만 사용하세요. 산패될 수 있으니 용량이 적은 제품을 구입하세요.

카카오닙스

카카오 열매를 발효, 건조시켜 분쇄한 것으로, 단맛은 없지만 초콜릿의 풍미와 향을 가지고 있어 초콜릿 대체 재료로 활용하기 좋아요. 크리미한 요그트를 비롯한 유제품, 과일, 견과류와 잘 어울립니다.

치아씨드

물에 닿으면 점성이 있는 겔 형태로 변하는 치아씨드는 식이섬유가 풍부해 포만감이 좋은 것이 특징이에요. 샐러드나 스무디에 활용하기 좋아요. 단, 체내에서도 수분을 흡수하는 성질이 있으니 충분한 수분을 함께 섭취해야 합니다.

햄프씨드

씨앗류 중 단백질 함량이 가장 높아 주목받는 식재료예요. 은은하게 고소한 맛이 있어 토핑으로 사용하면 고소한 감칠맛을 곁들일 수 있어요. 탄.단.지 밸런스를 맞추는 데에도 도움이 되지요.

크러시드 페퍼

페페론치노를 굵게 빻은 것입니다. 매운맛을 칼칼하고 개운하게 낼 때 사용하면 좋아요. 볶음 요리에 더하면 매운맛이 선명하게, 국물 요리에 넣으면 은근하게 매운맛이 스며들게 합니다. 토핑으로 활용해도 산뜻한 매운맛을 더할 수 있어요.

탄.단.지 밸런스 건강볼의 맛과 식감을 업그레이드하기 위해
사용된 재료들입니다. 가급적 더해서 한 끗 다르게, 더 맛있게
만들면 좋지만, 없다면 생략해도 됩니다.

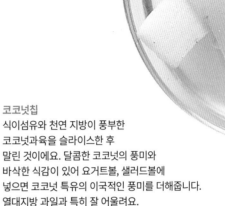

스리라차 소스
고추와 마늘을 발효시켜 만든
동남아식 매운 고추 소스입니다.
칼로리가 낮아 매운맛이 필요할 때
부담 없이 즐기기 좋아요.
매운맛이 강하고 신맛과 개운한 맛이
있어 여러 양념과 잘 어우러져
활용도가 높은 소스입니다.

코코넛칩
식이섬유와 천연 지방이 풍부한
코코넛과육을 슬라이스한 후
말린 것이에요. 달콤한 코코넛의 풍미와
바삭한 식감이 있어 요거트볼, 샐러드볼에
넣으면 코코넛 특유의 이국적인 풍미를 더해줍니다.
열대지방 과일과 특히 잘 어울려요.
당처리가 되지 않은 제품을 고르세요.

화이트 발사믹 식초
화이트 와인을 발효시켜 만든 식초로
일반 식초에 비해 신맛이 약하고
은은한 단맛과 향이 나 드레싱, 절임
양념으로 활용하면 고급스런 풍미를
낼 수 있어요.

메이플시럽
단풍나무의 수액을 끓여서 졸이면
짙고 달콤한 시럽이 됩니다.
설탕과는 다른 섬세하고 깊은 풍미가
있는 단맛을 내며 요리의 풍미를
더욱 입체적으로 만들어주지요.

알룰로스
저당 감미료로 설탕보다 열량이 낮고
체내 흡수가 되지 않는 제품입니다.
포도나 무화과, 키위에 소량 함유되어
있는 당으로 올리고당보다 단맛이
선명하면서도 스테비아, 에리스리톨 등과
비교했을 때 특유의 풍미가 적어 요리에
활용하기 좋습니다.

양배추 라페

당근 라페

현미밥

삶은 병아리콩

양파 절임

미리 만들어두는 재료들

탄.단.지 밸런스 건강볼에 많이 활용되는 재료 중 준비 시간이 다소 길어
한 번에 넉넉히 만들어 보관하기 좋은 것들을 모았습니다.

양배추 라페

양배추 약 7장(또는 적양배추, 200g), 소금 1작은술
양념 올리브유 2큰술, 홀그레인 머스터드 1큰술,
발사믹 식초 1큰술(또는 화이트 발사믹 식초),
레몬즙 1큰술, 꿀 1작은술(또는 알룰로스 1/2큰술),
통후추 간 것 약간

1 양배추는 가늘게 채 썬 후 볼에 담고,
  소금을 넣어 가볍게 버무린 후
  10분간 절인 후 물기를 제거한다.
2 볼에 양배추, 양념 재료를 넣어 골고루 섞는다.
  ＊ 밀폐 용기에 담아 1주일간 냉장 보관 가능해요.

현미밥

현미 1컵(또는 잡곡, 200g), 물 240㎖

1 볼에 현미(잡곡)를 넣은 후 물을 붓고 헹궈
  가볍게 씻는다. 찬물을 넉넉하게 부어
  1~2시간 불린 후 체에 밭쳐 물기를 뺀다.
  ＊ 현미 및 잡곡의 거친 식감을 부드럽게 하기 위해
  충분하게 불린 후 사용해요.
2 밥솥에 불린 현미, 물을 넣는다.
3 잡곡 모드 선택 후 취사 버튼을 누른다.
  ＊ **보관** 밥은 한 번 먹을 분량(60~100g)씩
  위생백 또는 전용 용기에 넣어 한김 식힌 후
  냉동해요.
  ＊ **해동** 내열 용기에 물 1/2큰술
  (또는 얼음 1조각)을 넣어 전자레인지에서
  2분간 해동해요.

당근 라페

당근 1개(200g), 소금 1작은술
양념 올리브유 2큰술, 저당 머스터드 소스 1큰술,
레몬즙 1큰술, 화이트 발사믹 식초 1큰술,
알룰로스 1작은술(또는 올리고당), 통후추 간 것 약간

1 당근은 칼 또는 채칼을 이용해 가늘게 채 썬다.
  ＊ 먹기 좋게 2~3등분해도 좋아요.
2 볼에 당근, 소금을 넣어 가볍게 버무린 후 10분간
  절인 후 물기를 제거한다.
3 볼에 당근, 양념 재료를 넣어 골고루 섞는다.
  ＊ 밀폐 용기에 담아 1주일간 냉장 보관 가능해요.

삶은 병아리콩

병아리콩 1/2컵(불린 후 1컵)

1 볼에 병아리콩, 잠길 만큼의 물(2배 이상)을 붓고
  12시간 불린다
2 냄비에 불린 병아리콩, 물 2컵, 소금 약간을 넣고
  중간 불에서 20~25분간 삶은 후
  체에 밭쳐 물기를 제거하고 한김 식힌다.
  ＊ 한 번 먹을 분량씩 소분해 냉동 보관하세요.
  자연 해동 후 바로 요리에 활용하면 됩니다.

양파 절임

적양파 1개(또는 양파) **양념** 식초 3큰술,
알룰로스 3큰술(또는 올리고당), 소금 약간,
다진 생강 1/3작은술(생략 가능)

1 적양파는 가늘게 채 썬다.
2 볼에 적양파, 양념 재료를 모두 넣어 골고루 섞는다.
  ＊ 밀폐 용기에 담아 1주일간 냉장 보관 가능해요.

자주 사용하는 재료
손질 & 보관법

Plus Tip
요거트볼에
활용하세요!

집에서 만드는
꾸덕한 그릭 요거트

우유 5컵(1ℓ), 농축 발효유 1병(불가리스 등)
도구 전기 밥솥, 유청 분리기(또는 체와 면포)

1 전기 밥솥 내열솥에 우유, 농축 발효유를
   넣고 나무 숟가락으로 골고루 섞는다.
2 전기 밥솥에 넣고 뚜껑을 닫는다.
   보온 기능으로 1시간을 설정해 둔다.
3 1시간 후 스위치를 끄고, 뚜껑을 열지
   않은 채 10시간 동안 그대로 둔다.
4 유청 분리기에 담고 뚜껑을 덮어
   냉장실에 넣고 24시간 동안 그대로 두면,
   꾸덕한 질감의 그릭 요거트가 된다.
   * 유청 분리기가 없다면 체에 면포를
   깔고 부은 후 면포를 오므려 무거운
   냄비 뚜껑을 올린 후 유청이 빠질 수
   있도록 볼에 받쳐 냉장고에 24시간 동안
   넣어두세요.
   * 밀폐 용기에 담아 1주일간
   냉장 보관 가능해요.

샐러드 채소

구입 단위가 큰 편이라 전처리를 잘해서 보관하는 것이
중요해요. 샐러드 채소들은 먹기 좋은 크기로 썰어
흐르는 찬물에 잘 씻은 후 스피너를 이용해 물기를
완전히 제거합니다. 물기 제거를 잘해야 메뉴의 맛이
흐려지지 않고 완성도가 높아져요. 밀폐 용기에
샐러드 채소를 넣고 물을 적신 키친타월을 올려 냉장
보관하면 1주일간 보관 가능합니다.

베이스가 되는 샐러드 잎채소부터 고기, 버섯, 과일까지
탄.단.지 밸런스 건강볼에서 많이 사용하는 재료들의 손질과
보관 방법을 알려드립니다.

고기
한 번 먹을 분량씩 나눠 랩으로 감싼 후 냉동 보관해요.
사용하기 하루 전날 냉장실로 옮겨 자연해동한 후 사용합니다.

아보카도
손질한 아보카도는 갈변이 쉽게 되기 때문에
표면에 레몬즙을 뿌린 후 랩으로 감싸 냉장 보관합니다.

버섯
한 번 먹을 분량씩 나눠 랩으로 감싸 냉장 보관합니다.

제철 과일
한입 크기로 썰어 한 번 먹을 분량씩(약 100g) 소분하여
냉동 보관 후 주스나 요거트 스무디에 활용합니다.

포케볼과
샐러드볼에
활용하는
소스 & 드레싱 총정리

같은 재료라도 어떤 소스와 드레싱을
곁들이느냐에 따라 전혀 다른 풍미의 건강볼이 되지요.
레시피대로 만들어 먹었다면, 다음에는
소스와 드레싱을 달리해서 새롭게 즐겨보세요.

매콤한 맛 ————

 할라피뇨 치즈 드레싱 52p
 와사비 간장 드레싱 64p
 와사비 유자 간장 드레싱 66p
 스리라차 마요 드레싱 70p

 매콤 요거트 드레싱 72p
 매콤 피시소스 드레싱 74p
 와사비 마요 드레싱 80p
 깐풍 드레싱 120p

고소한 맛 ————

 미소 된장 통깨 드레싱 38p
 검은콩 마요 드레싱 42p
통깨 간장 드레싱 62p
 들기름 드레싱 75p

 두부 땅콩 드레싱 84p
  땅콩 라임 드레싱 102p
 쌈장 드레싱 106p

상큼한 맛 ————

 새콤 간장 드레싱 40p
 레몬 마요 드레싱 50p
 양파 발사믹 드레싱 56p
 머스터드 드레싱 58p

 매실청 드레싱 60p
 머스터드 요거트 드레싱 86p
 요거트 시저 드레싱 88p
 메이플 발사믹 드레싱 90p

 토마토 살사 94p
 허니 머스터드 드레싱 95p
 구운 양파 케요네즈 드레싱 104p
 파인애플 살사 108p

 레몬 치미추리 드레싱 112p
 라임 요거트 드레싱 116p

chapter 1 **포케볼**

POKE

포케 전문점에서는 기본 채소를 바탕으로 단백질 재료, 탄수화물 재료, 토핑, 드레싱까지
원하는 대로 선택해서 메뉴를 구성하죠. 이 책에 소개한 포케 메뉴는 어울리는 재료와 맛, 영양을
고려해 재료들을 구성해 한그릇으로 만들었습니다. 소개된 메뉴 속에서 재료들은
취향껏 대체가 가능해요. 좀 더 건강하게 즐기고 싶다면 드레싱을 뿌리지 않고 찍어 먹어보세요.
또한 현미밥, 메밀면, 통밀 파스타는 생략하고 채소나 단백질 재료를 더 추가해도 됩니다.

구운 채소와 두부면 포케볼
+ 미소 된장 통깨 드레싱

저탄수 · 도시락 · 비건 프렌들리 · 고 식이섬유

560 kcal

탄수화물 43.6%   단백질 27.3%   지방 29.1%

외국에서 유행하는 부다볼(Budda bowl)은 곡물, 채소, 견과류로 만든
채식요리입니다. 그 메뉴에서 착안해 만든 포케볼이에요. 두부면, 병아리콩을 넣어
단백질과 포만감을 더했고, 채소를 구워 식감과 감칠맛을 높였습니다.
미소 된장과 통깨를 듬뿍 넣은 고소한 드레싱을 곁들여 든든하게 즐겨보세요.

Tip
드레싱이 되직한
편이니 뭉치지 않도록
잘 섞어야 해요. 또는
소스처럼 찍어 먹는
것도 좋아요.

20~25분

- 두부면 1팩(100g)
- 샐러드 채소 50g
- 구이용 채소 200g
  (적양파, 미니 새송이버섯,
  쥬키니 호박, 파프리카 등)
- 단호박 1/8개(또는 고구마, 100g)
- 삶은 병아리콩 3큰술(30g)
  * 만들기 31쪽
- 올리브유 1작은술
- 소금 약간
- 통후추 간 것 약간
- 다진 견과류 1큰술(10g)

미소 된장 통깨 드레싱
- 통깨 간 것 1큰술
- 미소 된장 1큰술
  (염도에 따라 가감)
- 하프 마요네즈 1큰술
- 알룰로스 1/2큰술(또는 올리고당)
- 레몬즙 1작은술
- 소금 약간
- 통후추 간 것 약간

1 단호박은 씨 부분을 제거하고 껍질째 한입 크기로 썬다.

2 내열 용기에 단호박을 넣고 뚜껑을 덮어 전자레인지에서 2~3분간 익힌다.
  * 익히는 시간은 단호박의 종류와 크기에 따라 가감해요.

3 두부면은 체에 밭쳐 뜨거운 물을 부어 그대로 물기를 뺀다.

4 구이용 채소는 한입 크기로 썬다.
  * 기호에 따라 다양한 채소로 대체 가능해요.

5 달군 팬에 올리브유를 두르고 구이용 채소, 소금을 넣어
  중간 불에서 2~3분간 노릇하게 구운 후 통후추 간 것을 뿌린다.
  * 채소의 두께에 따라 익히는 시간은 가감해요.

6 작은 볼에 미소 된장 통깨 드레싱 재료를 넣어 골고루 섞는다.
  그릇에 모든 재료을 담고 미소 된장 통깨 드레싱을 곁들인다.

Tip

두부면 대신 다른 면을 사용하려면?
밀가루 면보다 칼로리가 적은 메밀면을
추천해요. 메밀면 1줌(50g)을
포장지에 적힌 시간만큼 끓는 물에
넣어 삶은 후 체에 밭쳐 찬물에 헹궈
물기를 빼고 사용하면 됩니다.

미소 된장이 없다면?
일반 된장을 사용해도 됩니다.
그 대신 된장 양은 1작은술로 줄이고
양조간장을 1/2큰술을 추가해
감칠맛을 더하면 좋아요.

두부 소보로 포케볼
+ 새콤 간장 드레싱

도시락 · 비건 프렌들리 · 고 식이섬유

527 kcal

탄수화물 48.5%　　단백질 24.3%　지방 27.2%

식물성 단백질로 꽉 채운 포케볼입니다. 수분을 날려 고슬고슬하게 볶은 두부는 고기처럼 쫄깃한 식감을 냅니다. 병아리콩, 버섯, 파프리카, 깻잎 등 다양한 식감의 재료와 향 채소를 더해 다채로운 재미와 맛이 가득해요.

20~25분

- 따뜻한 현미밥 60g(또는 잡곡밥)
  * 만들기 31쪽
- 두부 큰 팩 1/2모(부침용, 150g)
- 샐러드 채소 50g
- 해송이버섯 2줌(또는 다른 버섯, 50g)
- 파프리카 1/4개(또는 오이, 50g)
- 적양파 1/8개(또는 양파, 25g)
- 깻잎 10장(20g)
- 삶은 병아리콩 3큰술(30g)
  * 만들기 31쪽
- 들기름 1/2큰술 + 1작은술(또는 참기름)
- 고추장 1/2큰술
- 소금 약간
- 김가루 1/2컵(5g)

새콤 간장 드레싱
- 식초 1큰술
- 양조간장 1큰술
- 알룰로스 1작은술(또는 올리고당)
- 후춧가루 약간

1 적양파는 가늘게 채 썰어 찬물에 담가 매운 맛을 뺀 후 체에 밭쳐 물기를 제거한다.
  깻잎은 돌돌 말아 가늘게 채 썰고, 파프리카는 1.5×1.5cm 크기로 썬다.

2 해송이버섯은 밑동을 제거하고 가닥가닥 뜯는다.

3 두부는 키친타월로 꾹꾹 눌러 물기를 제거한다. 달군 팬에 두부를 넣어
  중간 불에서 으깨어가며 3~5분간 겉면이 노릇해지도록 볶는다.

4 두부가 고슬고슬해지면 들기름 1/2큰술, 고추장을 넣어 골고루 섞은 후
  불을 끄고 접시에 덜어 한김 식힌다.

5 팬을 닦고 다시 달궈 해송이버섯, 소금을 넣어 중간 불에서 1분간 볶는다.
  해송이버섯의 숨이 죽으면 들기름 1작은술을 넣어 1분간 더 볶는다.

6 볼에 새콤 간장 드레싱 재료를 모두 넣어 골고루 섞는다.
  그릇에 모든 재료를 담고 새콤 간장 드레싱을 곁들인다.

Tip

현미밥을 생략하고 싶다면?
재료에 있는 삶은 병아리콩을 50g으로
늘리고 현미밥을 생략해도 좋아요.
병아리콩은 단백질뿐만 아니라
탄수화물도 풍부해 포만감을 줍니다.

포케볼

구운 두부와 새우 포케볼
+검은콩 마요 드레싱

저탄수 도시락

555 kcal

| 탄수화물 42.6% | 단백질 29.2% | 지방 28.3% |

담백한 두부와 탱글한 새우를 먹을 땐 파프리카, 오이, 방울토마토처럼 수분감이 많은
아삭한 채소를 곁들이는 것이 맛과 식감의 균형에 좋아요. 검은콩 가루를 넣어
드레싱을 만들면 고소함이 더해져 밋밋할 수 있는 포케볼의 맛을 더욱 풍부하게 해준답니다.

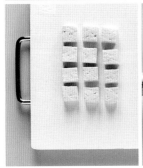

20~25분

- 따뜻한 현미밥 60g(또는 잡곡밥)
  * 만들기 31쪽
- 샐러드 채소 50g
- 두부 큰 팩 1/3모(부침용, 100g)
- 냉동 생새우살 5마리(킹사이즈, 75g)
- 방울토마토 5개(75g)
- 오이 1/4개(50g)
- 양배추 라페 약 1/3컵(30g)
  * 만들기 31쪽
- 올리브유 1작은술 + 1작은술
- 소금 약간
- 통후추 간 것 약간
- 양파 플레이크 2큰술
  (또는 마늘 플레이크, 김가루 1/2컵)

검은콩 마요 드레싱
- 검은콩 가루 1큰술
  (또는 다른 곡물 가루, 통깨 간 것)
- 하프 마요네즈 1큰술
- 식초 1큰술
- 양조간장 1큰술
- 알룰로스 1/2큰술(또는 올리고당)
- 통후추 간 것 약간

1 냉동 생새우살을 찬물에 10분간 담가 해동한 후 체에 받쳐 물기를 제거한다.

2 오이는 0.5cm 두께의 모양대로 썬다. 방울토마토는 2등분한다.

3 두부는 키친타월로 꾹꾹 눌러 물기를 제거한 후 사방 1.5cm의 크기로 썬다.

4 달군 팬에 올리브유 1작은술을 두르고 두부를 넣은 후 소금, 통후추 간 것을 뿌려 중간 불에서 2~3분간 사방을 노릇하게 굽는다.

5 팬을 닦고 다시 달궈 올리브유 1작은술을 두른 후 생새우살을 넣고, 소금, 통후추 간 것을 뿌려 앞뒤로 각각 1분씩 굽는다.

6 작은 볼에 검은콩 마요 드레싱 재료를 넣고 섞는다. 그릇에 모든 재료를 담고 검은콩 마요 드레싱을 곁들인다.

Tip

현미밥 대신 면을 곁들이고 싶다면?
밀가루 면보다 칼로리가 적은 메밀면으로 추천해요. 메밀면 1줌(50g)을 포장지에 적힌 시간만큼 끓는 물에 넣어 삶은 후 체에 받쳐 찬물에 헹궈 물기를 빼고 사용하면 됩니다.

검은콩 가루가 없다면?
검은콩 가루는 검은콩을 익혀 곱게 간 것으로 인터넷 쇼핑몰이나 대형 마트에서 구매 가능해요. 미숫가루, 통깨 간 것, 들깻가루 등으로 대체 가능합니다.

유부와 참치 포케볼

588 kcal

도시락 · 고단백 · 저자 추천

| 탄수화물 47.5% | 단백질 34.4% | 지방 18.0% |

레시피 46쪽

시판 유부 초밥 재료를 활용해 만든 초간단 포케볼이에요. 양념된 유부는 팬에 구워
식감을 살렸고, 별첨된 후리가케가 토핑 역할을, 밥 양념이 드레싱 역할을 해주죠.
참치, 게맛살, 통조림 옥수수 등 다양한 재료를 더해 푸짐하면서도 다채로운 맛을 느낄 수 있어요.
볶은 김치를 더하면 더욱 익숙하고 감칠맛 나는 메뉴가 된답니다.

Tip
달걀 노른자를
터뜨려 소스처럼
골고루 섞어서
즐겨보세요.

유부와 참치 포케볼

15~20분

- 따뜻한 현미밥 60g
  - * 만들기 31쪽
- 샐러드 채소 50g
- 시판 유부초밥 세트 1인분
- 통조림 참치 작은 것 1캔
  (또는 삶은 닭가슴살, 통조림 연어, 100g)
- 달걀 1개
- 배추김치 1/3컵(50g)
- 오이 1/4개(50g)
- 게맛살 2개(짧은 것, 40g)
- 적양파 1/8개(또는 양파, 25g)
- 양배추 라페 약 1/3컵(30g)
  - * 만들기 31쪽
- 통조림 옥수수 2큰술(또는 삶은 병아리콩, 20g)
- 식용유 1작은술
- 하프 마요네즈 1/2큰술(토핑용)

김치 밑간

- 알룰로스 1작은술(또는 올리고당)
- 참기름 1작은술
- 후춧가루 약간

1 통조림 참치는 체에 밭쳐 기름기를 뺀다.

2 적양파는 가늘게 채 썰어 찬물에 담가 매운맛을 빼고
   체에 밭쳐 물기를 제거한다. 오이는 0.5cm 두께로 모양대로 썬다.
   게맛살은 가늘게 찢는다.

3 유부는 물기를 살짝 제거한 후 가늘게 채 썬다.

4 배추김치는 양념을 가볍게 털어낸 후 굵게 다져
   김치 밑간 재료에 버무린다.

5 달군 팬에 유부를 넣어 중간 불에서 2분간
   겉면이 노릇해지도록 볶아 접시에 덜어둔다.

6 팬을 닦고 다시 달궈 식용유를 두르고 달걀을 넣어
   중간 불에서 1분 30초간 반숙으로 프라이한다.
   * 기호에 따라 완숙으로 익혀도 좋아요.

7 ⑥의 팬을 닦고 다시 달궈 양념한 김치를 넣고
   중약 불에서 2분간 볶는다.

8 그릇에 모든 재료를 담고, 유부초밥의 밥 양념,
   후리가케를 뿌리고 하프 마요네즈를 곁들인다.
   * 하프 마요네즈를 짤주머니에 담아 짜면 원하는 모양으로
   짤 수 있어요.

Tip

시판 유부를 두부로 대체하고 싶다면?
시판 유부 대신 구운 두부 100g을 길게 썰어서 곁들여요.
두부 소보로 포케볼(40쪽)의 새콤 간장 드레싱을
밥 양념 대신 사용해도 잘 어울려요.

포케볼

반숙 달걀과 아보카도, 방울토마토를 간장 양념에 숙성시켜 달걀장을 만들었습니다.
포케나 샐러드에 자주 활용하는 달걀과 아보카도를 좀 더 맛있게 즐길 수 있는 메뉴지요.
달걀장의 남은 양념에 참기름을 더해 감칠맛 가득한 드레싱으로 곁들였답니다.

아보카도 달걀장 포케볼

511 kcal

탄수화물 55.3%	단백질 20.4%	지방 24.3%

15~20분(+ 달걀장 숙성하기 6시간)

- 따뜻한 현미밥 60g(또는 잡곡밥)
  * 만들기 31쪽
- 샐러드 채소 50g
- 파프리카 1/4개(50g)
- 적양파 1/8개(또는 양파, 25g)
- 송송 썬 쪽파 2줄기분
  (또는 송송 썬 대파)
- 김가루 1/2컵(5g)

아보카도 달걀장

- 달걀 2개
- 아보카도 1/2개(100g)
- 방울토마토 5개(75g)
- 청양고추 1개(또는 크러시드 페퍼
  1/3작은술, 생략 가능)
- 다진 파 1큰술
- 양조간장 3큰술
- 맛술 2큰술
- 알룰로스 1/2큰술(또는 올리고당)
- 다진 마늘 1작은술
- 후춧가루 약간

드레싱

- 아보카도 달걀장 국물 3큰술
  (기호에 따라 가감)
- 참기름 1작은술

---

1 냄비에 달걀, 잠길 만큼의 물을 붓고 센 불에서 끓어오르면 5분간 삶아 찬물에 담가
  한김 식힌 후 껍데기를 깐다. * 기호에 따라 12분간 삶아 완숙으로 만들어도 좋아요.

2 아보카도는 껍질 깊숙이 칼을 넣어 돌려가며 칼집을 낸다.

3 아보카도를 비틀어 2등분한 후 씨에 칼을 꽂아 비틀어 제거한다.

4 아보카도는 껍질을 제거하고 한입 크기로 썬다.
  방울토마토는 2등분하고, 청양고추는 4등분한다.

5 밀폐 용기에 아보카도 달걀장 재료를 모두 넣어 골고루 섞은 후
  뚜껑을 덮어 냉장실에서 6시간 이상 숙성시킨다.
  * 재료들이 골고루 양념에 절여질 수 있도록 중간중간 재료들을 섞어주세요.
  시간이 지나면서 방울토마토에서 수분이 나와 양념의 양이 늘어납니다.

6 파프리카는 1.5×1.5cm 크기로 썬다. 적양파는 가늘게 채 썰어 찬물에 담가
  매운맛을 뺀 후 체에 밭쳐 물기를 제거한다.

7 작은 볼에 드레싱 재료를 넣어 골고루 섞는다.
  그릇에 모든 재료를 골고루 담고 드레싱을 곁들인다.

Tip

단백질을 더하고 싶다면?
구운 두부 1조각을 곁들여도 좋습니다.
달군 팬에 들기름(또는 참기름)을 약간
두르고 물기를 제거한 두부를 올려 중간
불에서 앞뒤로 노릇하게 구워요. 포만감은
물론이고, 단백질 섭취도 높일 수 있습니다.
두부 추가 시 현미밥의 양을 줄이거나 샐러드
채소의 양을 반으로 줄이면 단백질은 높이고,
칼로리는 기존과 비슷하게 맞출 수 있어요.

아보카도 달걀장이 남았다면?
아보카도 달걀장은 넉넉히 만들어
냉장 보관해두고 먹어도 좋아요. 냉장실에서
1주일 정도 보관 가능하니 포케, 비빔밥,
비빔국수 등의 다양한 메뉴에 활용해보세요.

포케볼

알싸한 생강향을 더한 데리야키 닭고기를 곁들인 포케볼입니다.
브로콜리, 파프리카를 구우면 단맛이 올라와 생채소와는 다른 풍미를 느낄 수 있지요.
상큼한 레몬 마요 드레싱으로 닭고기의 느끼함도 잡았습니다.

Tip
아몬드 슬라이스를
토핑으로 뿌려
고소한 맛과 건강한
지방을 더했어요.

도시락 고
식이섬유

데리야키 치킨 포케볼
+레몬 마요 드레싱

538 kcal

탄수화물 48.6%　　　　단백질 25.7%　　지방 25.7%

20~25분

- 따뜻한 현미밥 60g(또는 잡곡밥)
  * 만들기 31쪽
- 샐러드 채소 50g
- 닭다리살 1조각(또는 닭가슴살, 100g)
- 브로콜리니 2줄기
  (또는 브로콜리 1/6개, 50g)
- 파프리카 1/4개(50g)
- 방울토마토 5개
  (또는 파프리카, 오이 1/4개, 50g)
- 적양배추 1장
  (또는 양배추, 손바닥 크기, 30g)
- 당근 라페 약 1/3컵(30g) * 만들기 31쪽
- 올리브유 1작은술
- 소금 약간
- 통후추 간 것 약간
- 아몬드 슬라이스 1큰술
  (또는 다른 견과류)

데리야키 양념

- 맛술 1큰술
- 양조간장 1큰술
- 다진 생강 1/2작은술(생략 가능)
- 통후추 간 것 약간

레몬 마요 드레싱

- 다진 양파 2큰술
- 레몬즙 1큰술
- 알룰로스 1/2큰술(또는 올리고당)
- 하프 마요네즈 1과 1/2큰술
- 소금 1/3작은술
- 통후추 간 것 약간

1 닭다리살은 1.5cm 두께로 썬다. 작은 볼에 데리야키 양념 재료를 넣어 섞는다.

2 브로콜리니는 4cm의 길이로 썬다. 파프리카는 0.5cm 두께로 채 썬다.
  방울토마토는 2등분하고, 적양배추는 얇게 채 썬다.

3 달군 팬에 올리브유를 두르고 브로콜리니, 파프리카를 넣은 후
  소금, 통후추 간 것을 뿌려 중간 불에서 2분간 볶아 덜어둔다.

4 ③의 팬을 닦고 다시 달궈 닭다리살을 넣은 후 중간 불에서 2분간
  겉면이 노릇해지도록 볶는다.

5 데리야키 양념을 넣고 약한 불로 줄여 2분간 조린다.

6 작은 볼에 레몬 마요 드레싱 재료를 넣어 골고루 섞는다.
  그릇에 모든 재료를 담고 레몬 마요 드레싱을 곁들인다.

Tip

더욱 담백하게 즐기고 싶다면?
닭다리살을 지방이 적은 닭가슴살로
대체하면 됩니다. 닭다리살은
자체에서 기름이 나오지만 닭가슴살은
지방이 적으니 구울 때 올리브유
1작은술을 두르고 조리하면 좋아요.

브로콜리니가 낯설다면?
브로콜리와 가이란이라는 채소를
교배해 만든 채소예요. 베이비
브로콜리라고도 불리죠. 맛은 브로콜리와
같지만 줄기가 길고 연해 볶았을 때
더 부드러워요. 브로콜리니 대신
브로콜리로 대체해도 좋아요.

레시피 54쪽

고
식이섬유

저자
추천

불닭 포케볼
+할라피뇨 치즈 드레싱

556 kcal

탄수화물 50%　　　　　단백질 23.7%　지방 26.3%

매콤한 양념의 구운 닭다리살에 메밀면을 더해 불닭 볶음면과 비슷한 맛의
포케볼을 개발했습니다. 드레싱에는 할라피뇨를 다져 넣어 매운맛을 더했어요.
매운맛은 기호에 따라 조절해도 좋습니다. 은은한 단맛을 내는 삶은 단호박이
매운맛을 중화시켜주며 포만감도 더해주지요.

불닭 포케볼

20~25분

- 메밀면 1줌(또는 잡곡밥, 50g)
- 샐러드 채소 50g
- 닭다리살 1조각(또는 닭가슴살, 100g)
- 단호박 1/8개(또는 고구마 작은 것 1개, 100g)
- 방울토마토 5개(75g)
- 파프리카 1/4개(또는 미니 파프리카, 50g)
- 통조림 옥수수 2큰술(또는 삶은 병아리콩, 20g)
- 양파 플레이크 1큰술
  (또는 마늘 플레이크, 김가루 1/2컵)

불닭 양념
- 맛술 1큰술
- 양조간장 1/2큰술
- 고추장 1/2큰술
- 고춧가루 1작은술
- 크러시드 페퍼 1/2작은술(생략 가능)
- 후춧가루 1/3작은술(기호에 따라 가감)

할라피뇨 치즈 드레싱
- 다진 할라피뇨 2큰술(또는 다진 양파)
- 크림치즈 1큰술(또는 그릭 요거트)
- 알룰로스 1큰술(또는 올리고당)
- 레몬즙 1큰술
- 올리브유 1/2큰술
- 소금 약간
- 통후추 간 것 약간

1 파프리카는 0.5cm 두께로 채 썬다. 방울토마토는 2등분한다.

2 단호박은 씨 부분을 제거하고 껍질째 1cm 두께의 모양대로 썬다.

3 내열 용기에 단호박을 넣고 뚜껑을 덮어 전자레인지에 넣어
   2분간 익힌다. 냄비에 메밀면 삶을 물 5컵을 끓인다.
   * 익히는 시간은 단호박의 종류와 크기에 따라 가감해요.

4 닭다리살은 사방 2cm 크기의 한입 크기로 썬다.

5 볼에 닭다리살, 불닭 양념 재료를 넣어 버무린다.

6 달군 팬에 닭다리살을 넣고 중약 불에서 4분간 타지 않게
   자주 뒤집어가며 굽는다.

7 ③의 메밀면 삶을 물이 끓어오르면 메밀면을 넣고 포장지에 적힌
   시간만큼 삶아 체에 밭쳐 찬물에 여러 번 헹군 후 물기를 뺀다.

8 볼에 다진 할라피뇨, 크림치즈, 알룰로스를 넣어 섞은 후
   나머지 할라피뇨 치즈 드레싱 재료를 넣어 골고루 섞는다.
   그릇에 모든 재료를 담고 할라피뇨 치즈 드레싱을 곁들인다.

Tip

닭고기 대신 다른 고기를 넣고 싶다면?
동량의 돼지고기 안심이나 앞다리살을 활용하면 좋아요.
또는 냉동실에 있는 자투리 고기도 좋지요.
대부분의 육류와 어울리는 양념이니 동량의 다른 고기를 활용하고,
익히는 시간은 고기의 상태에 따라 가감하세요.

매운맛을 조절하고 싶다면?
매운맛에 자신이 있다면 시판 불닭 소스를 활용해도 좋아요.
닭고기 양념에 불닭 소스를 추가하면 감칠맛이 가미된 극강의
매운맛을 낼 수 있답니다. 반대로 매운맛을 줄이고 싶다면
완성된 불닭구이에 슬라이스 치즈 1장을 곁들이세요. 치즈가 살짝
녹아 매운맛을 부드럽게 중화시키고 재료와 조화도 좋습니다.

바질 치킨 버섯 포케볼
+ 양파 발사믹 드레싱

502 kcal

탄수화물 46.7%   단백질 26.7%   지방 26.7%

도시락   고 식이섬유

토마토와 모짜렐라 치즈로 만든 카프레제 샐러드를 좀 더 든든하게 즐길 수 있도록 만든 포케볼입니다. 향긋한 바질 페스토로 풍미와 감칠맛을 더했지요. 통밀 파스타로 탄수화물을, 닭가슴살로 단백질을 섭취할 수 있어 더욱 포만감 있는 메뉴랍니다.

Tip
와일드 루꼴라는 일반 루꼴라에 비해 잎이 좁고 기다란 모습이에요. 맛은 좀 더 순해서 가볍게 즐기기 좋아요.

20~25분

- 통밀 푸실리 1/2컵
  (또는 다른 파스타, 30g)
- 샐러드 채소 30g
- 와일드 루꼴라 1/2줌
  (또는 샐러드 채소, 25g)
- 시판 닭가슴살 1/2개
  (또는 닭가슴살 1/2개, 50g)
- 방울토마토 7개
  (또는 오이, 파프리카, 105g)
- 해송이버섯 2줌(100g)
- 표고버섯 2개(50g)
  * 해송이버섯, 표고버섯은
    동량의 다른 버섯으로 대체 가능
- 보코치니 치즈 1/2봉
  (또는 생 모짜렐라 치즈,
  스트링 치즈 2개, 30g)
- 블랙 올리브 10개
  (생략 가능, 기호에 따라 가감)
- 바질 페스토 2큰술(기호에 따라 가감)
- 올리브유 1작은술
- 소금 약간

양파 발사믹 드레싱
- 다진 양파 1큰술
- 발사믹 식초 2큰술
- 양조간장 1/2큰술
- 알룰로스 1큰술(또는 올리고당)
- 올리브유 1작은술
- 통후추 간 것 약간

1 냄비에 파스타 삶을 물 5컵 + 소금 1작은술을 넣어 끓인다.
  와일드 루꼴라는 2등분한다.
  표고버섯, 해송이버섯은 결대로 찢거나 0.5cm 두께의 모양대로 썬다.
  방울토마토, 블랙 올리브는 2등분한다.

2 시판 닭가슴살은 결대로 잘게 찢는다.

3 달군 팬에 올리브유를 두르고 버섯, 소금을 넣어
  중간 불에서 2분간 볶아 덜어둔다.

4 ①의 물이 끓어오르면 통밀 파스타를 넣고 포장지에 적힌 시간만큼 삶아
  체에 밭쳐 물기를 뺀다.

5 닭가슴살과 통밀 파스타에 바질 페스토를 각각 1큰술씩 넣어 버무린다.

6 작은 볼에 양파 발사믹 드레싱 재료를 넣어 골고루 섞는다.
  그릇에 모든 재료를 담고 양파 발사믹 드레싱을 곁들인다.

Tip

바질 페스토를 직접 만들고 싶다면?
바질 페스토를 직접 만들어 신선하게
즐겨보세요. 다진 바질 잎 10g, 다진 호두
1큰술, 올리브유 2큰술, 그라나 파다노
치즈 간 것 1큰술, 소금 약간, 통후추 간 것
약간을 골고루 섞어요. 1~2번 먹을 분량이니
기호에 따라 넉넉히 만들어 보관해두어도
좋아요. 분량을 늘려서 만들 때는
푸드 프로세서에 갈면 쉽게 만들 수 있어요.

닭가슴살을 직접 삶아 먹고 싶다면?
냄비에 닭가슴살, 잠길 만큼의 물,
청주 1작은술을 넣어 중간 불에서 10분간
삶은 후 한김 식혀요. 결대로 잘게 찢은 후
사용하면 됩니다.

훈제오리도 포케에 활용하면 좋은 재료예요.
훈제오리와 찰떡궁합인 부추를 곁들여 더욱 풋풋하고
건강하게 즐길 수 있지요. 달콤하고 알싸한
머스터드 드레싱을 뿌리면 누구나 익숙하게
먹을 수 있는 든든한 포케볼이랍니다.

Tip
레디쉬는
알싸하면서 아삭한
식감이라 고기와
잘 어울려요.

훈제오리 부추 포케볼
+ 머스터드 드레싱

| 도시락 | 고단백 | 저탄수 | 고 식이섬유 |

512 kcal

| 탄수화물 42.2% | 단백질 29.9% | 지방 27.8% |

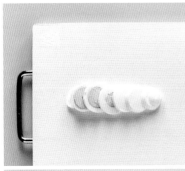

20~25분

- 따뜻한 현미밥 60g(또는 잡곡밥)
  * 만들기 31쪽
- 샐러드 채소 50g
- 훈제오리 슬라이스 100g
- 달걀 1개
- 방울토마토 5개(또는 파프리카, 75g)
- 양배추 라페 약 1/3컵(30g)
  * 만들기 31쪽
- 영양부추 1줌
  (또는 부추 1/3줌, 20g)
- 레디쉬 1개(생략 가능)
- 다진 마늘 1큰술
- 양조간장 1작은술

머스터드 드레싱
- 올리브유 1/2큰술
- 저당 머스터드 소스 1큰술
- 식초 1큰술
- 알룰로스 1/2큰술(또는 올리고당)
- 소금 약간
- 후춧가루 약간

1 냄비에 달걀, 잠길 만큼의 물을 붓고 센 불에서 끓어오르면
  약한 불로 줄여 12분간 삶아 한김 식힌다.
  * 기호에 따라 5분간 삶아 반숙으로 만들어도 좋아요.

2 영양부추는 3cm 길이로 썰고, 레디쉬는 모양대로 얇게 썬다.
  방울토마토는 2등분한다.

3 삶은 달걀은 껍데기를 벗기고 0.5cm 두께의 모양대로 썬다.

4 달군 팬에 훈제오리를 넣고 중간 불에서 2분간 볶는다.
  * 훈제오리를 체에 밭쳐 뜨거운 물을 부은 후 사용하면
  기름과 불순물을 제거할 수 있어요.

5 ④의 팬에 다진 마늘, 양조간장을 넣어 1분간 더 볶는다.
  불을 끄고 영양부추를 넣어 가볍게 섞는다.

6 볼에 머스터드 드레싱 재료를 넣어 골고루 섞는다.
  그릇에 모든 재료를 담고 머스터드 드레싱을 곁들인다.

Tip

훈제오리를 다른 고기로 대체하려면?
훈제오리는 동량의 닭가슴살이나
쇠고기로 대체 가능합니다.

밥 대신 다른 탄수화물을 곁들이고 싶다면?
현미밥 대신 삶은 병아리콩이나
찐 단호박을 100g 정도 곁들이면
포만감을 높일 수 있고, 오리고기와의
밸런스도 좋아요.

제육 포케볼
+매실청 드레싱

459 kcal

탄수화물 52.6%　　　단백질 28.9%　　지방 18.6%

도시락　고 식이섬유

친숙한 제육볶음을 포케로 응용한 메뉴입니다. 샐러드 채소 대신 제육볶음과
잘 어울리는 알배기배추, 깻잎을 곁들여 맛의 조화도 좋아요. 돼지고기의 소화에
도움을 주는 매실청으로 드레싱을 만들어 상큼함을 더했어요.

20~25분

- 따뜻한 현미밥 60g(또는 잡곡밥)
  * 만들기 31쪽
- 어린잎 채소 1줌
  (또는 샐러드 채소, 20g)
- 알배기배추 2장
  (또는 양배추 2장, 60g)
- 돼지고기 앞다리살
  (또는 돼지고기 불고기용이나 안심,
  100g)
- 방울토마토 5개(또는 파프리카, 75g)
- 당근 라페 약 1/3컵(30g)
  * 만들기 31쪽
- 깻잎 10장(20g)
- 식용유 1작은술
- 다진 마늘 1큰술

돼지고기 양념

- 고춧가루 1큰술
- 맛술 1큰술
- 양조간장 1큰술
- 알룰로스 1작은술(또는 올리고당)
- 참기름 1작은술
- 후춧가루 약간

매실청 드레싱

- 다진 양파 1큰술
- 매실청 1과 1/2큰술
- 식초 1큰술
- 다진 마늘 1작은술
- 소금 1/4작은술
- 후춧가루 약간

1 알배기배추, 깻잎은 0.5cm 두께로 채 썬다.
   방울토마토는 2등분한다.

2 돼지고기 앞다리살은 1cm 폭으로 썬다.

3 볼에 돼지고기, 돼지고기 양념 재료를 넣어 버무린다.

4 달군 팬에 식용유를 두르고 다진 마늘을 넣어 약한 불에서 2분간 향이 나게 볶는다.
   양념한 돼지고기를 넣어 중간 불로 올려 3분간 양념이 타지 않도록 볶는다.

5 작은 볼에 매실청 드레싱 재료를 넣어 골고루 섞는다.
   그릇에 모든 재료를 담고 매실청 드레싱을 곁들인다.

Tip

채소를 대체하고 싶다면?
어린잎 채소, 알배기배추, 깻잎 대신
샐러드 채소 또는 겨자잎, 참나물 등
다른 쌈채소로 대체해도 잘 어울립니다.

참나물 우삼겹 포케볼
+ 통깨 간장 드레싱

도시락 | 저자추천

466 kcal

탄수화물 53.5% | 단백질 28.3% | 지방 18.2%

포케 전문점에서 인기가 많은 재료인 우삼겹을 활용해 고소하지만 산뜻한 풍미의 포케를
만들었어요. 향긋한 참나물은 우삼겹의 느끼함을 가려주고 쌉싸름한 맛을 내 입맛을 돋워줘요.
우삼겹은 기름이 많은 편이니 구운 후 키친타월로 기름기를 꼭 제거하세요.

20~25분

- 따뜻한 현미밥 60g(또는 잡곡밥)
  * 만들기 31쪽
- 참나물 1줌(또는 어린잎 채소, 25g)
- 샐러드 채소 30g
- 우삼겹 100g
  (또는 돼지고기 대패 목살,
  쇠고기 샤부샤부용)
- 방울토마토 5개
  (또는 파프리카 1/4개, 75g)
- 오이 1/4개(50g)
- 양파 절임 1/3컵(1/4개분, 50g)
  * 만들기 31쪽
- 양파 플레이크 1큰술(10g)
- 다진 호두 1큰술(또는 다른 견과류)

우삼겹 양념
- 양조간장 1/2큰술
- 맛술 1/2큰술
- 다진 마늘 1작은술

통깨 간장 드레싱
- 통깨 간 것 2큰술
- 생수 1큰술
- 양조간장 1큰술
- 맛술 1큰술
- 레몬즙 1/2큰술
- 알룰로스 1작은술(또는 올리고당)
- 후춧가루 약간

1 참나물은 2cm 길이로 썰고, 오이는 0.5cm 두께의 모양대로 썬다.
  방울토마토는 2등분한다.

2 달군 팬에 우삼겹을 넣고 중강 불에서 1분간 굽는다.

3 키친타월로 기름을 닦아낸 후, 우삼겹 양념 재료를 넣고 30초간 볶아
  접시에 덜어둔다.

4 작은 볼에 통깨 간장 드레싱 재료를 넣어 골고루 섞는다.
  그릇에 모든 재료를 담고 통깨 간장 드레싱을 곁들인다.

Tip

포케 대신 샐러드로 즐기고 싶다면?
현미밥을 생략하고 숙주를 더해
더 가벼운 샐러드로 즐겨보세요.
우삼겹을 구운 후 팬의 기름을
키친타월로 가볍게 닦아내고 숙주 2줌을
넣어 센 불에서 1분 30초~2분간 볶아요.
거기에 양조간장, 참기름을 약간씩 넣고
섞어 곁들이면 탄수화물은 줄이고
포만감은 느낄 수 있는 따뜻한 샐러드가
됩니다.

와사비 스테이크 포케볼
+와사비 간장 드레싱

고단백 고식이섬유

447 kcal

탄수화물 48.4%　　　단백질 32.6%　　　지방 18.9%

담백한 쇠고기 안심을 넣어 든든하고 폼나게 즐기는 포케입니다. 스테이크와 잘 어우리는 꽈리고추, 숙주를 불맛나고 아삭하게 볶아 곁들였어요. 알싸한 와사비를 넣은 간장 드레싱으로 고기의 느끼함을 잡고 밋밋할 수 있는 채소에 풍미를 더했답니다.

20~25분

- 따뜻한 현미밥 60g(또는 잡곡밥)
  * 만들기 31쪽
- 샐러드 채소 30g
- 쇠고기 안심 100g
- 숙주 2줌(또는 양배추 3장, 100g)
- 방울토마토 5개(또는 파프리카, 75g)
- 꽈리고추 5개(또는 피망, 25g)
- 영양부추 1/2줌
  (또는 겨자잎, 어린잎 채소, 10g)
- 양파 절임 1/3컵(50g)
  * 만들기 31쪽
- 올리브유 1작은술
- 소금 약간
- 통후추 간 것 약간
- 양파 플레이크 2큰술(또는 마늘
  플레이크, 김가루 1/2컵)

와사비 간장 드레싱
- 연와사비 1작은술
  (또는 연겨자, 기호에 따라 가감)
- 알룰로스 1큰술(또는 올리고당)
- 식초 1큰술
- 양조간장 1과 1/2큰술
- 참기름 1/2작은술
- 통후추 간 것 약간

1 꽈리고추는 꼭지를 제거하고 어슷하게 2등분한다.
  영양부추는 송송 썰고, 방울토마토는 2등분한다.

2 작은 볼에 연와사비, 알룰로스를 넣고 골고루 섞은 후
  나머지 와사비 간장 드레싱 재료를 넣어 골고루 섞는다.

3 쇠고기 안심은 키친타월로 꾹꾹 눌러 핏물을 제거한다.
  달군 팬에 올리브유를 두르고 쇠고기를 넣은 후 소금, 통후추 간 것을 약간씩 뿌려
  센 불에서 앞뒤로 각각 1~2분씩 익혀 덜어둔다.
  * 기호에 따라 쇠고기의 익힘 정도를 조절하세요.

4 ③의 팬에 숙주, 꽈리고추를 넣은 후 센 불에서 소금, 통후추 간 것을
  약간씩 넣고 1분간 아삭하게 볶는다.

5 스테이크는 한입 크기로 썬다.
  그릇에 모든 재료를 넣고 와사비 간장 드레싱을 곁들인다.

Tip

다른 고기로 대체하고 싶다면?
쇠고기 대신 닭다리살도 잘 어울립니다.
닭다리살에 붙어 있는 껍질과 지방을
제거하면 좀 더 담백하게 즐길 수
있어요. 조리 과정은 동일하게 진행하고
닭다리살의 두께에 따라 익히는 시간만
가감하세요.

채소를 대체하고 싶다면?
영양부추, 양파 절임을 곁들인 이유는
메뉴를 끝까지 개운하게 먹을 수 있도록
도와주기 때문이죠. 영양부추의 매운맛이
부담된다면 알싸한 맛이 나는 겨자잎이나
새싹, 어린잎 채소로도 대체 가능합니다.

포케볼

레시피 68쪽

고
식이섬유

저자
추천

참치 포케볼
+와사비 유자 간장 드레싱

502 kcal

탄수화물 46.5%	단백질 28.7%	지방 24.7%

하와이에서 시작된 가장 기본적인 포케입니다. 참치회와 아삭한 채소, 해초를 더해
집에서도 쉽게 따라 할 수 있도록 개발했어요. 냉동 참치는 연어나 흰살 생선회로 대체 가능해요.
바삭하고 고소한 풍미의 김부각은 포케를 올려 먹어도 좋고, 부수어 토핑처럼 활용해도 좋아요.

Tip
참치회는 큰직하게
썰어 곁들여야
씹히는 식감이
좋아요.

참치 포케볼

20~25분(+냉동 참치 해동하기 30분)

- 따뜻한 현미밥 60g(또는 잡곡밥)
  * 만들기 31쪽
- 샐러드 채소 50g
- 냉동 참치회 1/2토막(또는 연어회, 100g)
- 오이 1/4개(또는 파프리카, 50g)
- 모둠 해초 약 1/3컵
  (또는 미역줄기, 꼬시래기, 미역 등, 30g)
- 적양파 1/8개(또는 양파, 25g)
- 날치알 2큰술(약 20g)
- 무순 1줌(또는 깻잎, 10g)
- 레디쉬 1개(생략 가능)
- 김부각 1~2조각
  (또는 구운 김, 구운 감태, 생략 가능, 10g)
- 레몬즙 1작은술
- 청주 1큰술

해초 밑간
- 참기름 1/2큰술
- 소금 약간
- 통깨 간 것 약간

와사비 유자 간장 드레싱
- 알룰로스 1/2큰술(또는 올리고당)
- 연와사비 1작은술(기호에 따라 가감)
- 양조간장 1과 1/2큰술
- 생수 1큰술
- 유자청 1작은술(생략 가능)
- 레몬즙 1작은술
- 후춧가루 약간

1 냉동 참치회는 해동해 키친타월로 눌러 물기를 제거한 후
  사방 1.5cm 크기로 큼직하게 썬다.

2 ①을 볼에 담아 레몬즙에 버무려 먹기 직전까지
  냉장실에 넣어둔다.

3 적양파는 얇게 채 썰어 찬물에 담가 매운맛을 뺀 후
  체에 받쳐 물기를 제거한다.

4 날치알에 청주를 뿌려 5분간 해동한 후 체에 받쳐
  물기를 뺀다.

5 모둠 해초는 흐르는 물에 2~3번 헹군 후 체에 받쳐
  물기를 제거하고 2등분한다. 볼에 담고 해초 밑간 재료를 넣어
  골고루 버무린다.

6 오이, 레디쉬는 사방 1cm 크기로 썬다.

7 볼에 연와사비, 알룰로스를 넣어 섞은 후
  나머지 와사비 유자 간장 드레싱 재료를 넣고 골고루 섞는다.
  그릇에 모든 재료를 담고 와사비 유자 간장 드레싱을 곁들인다.

Tip

참치 대신 다른 생선으로 즐기고 싶다면?
냉동 참치 대신, 훈제연어, 연어회, 흰살 생선회를 동량으로 대체해도
좋습니다. 혹은 데친 오징어나 삶은 문어를 활용해도 좋아요.

김부각을 대체하고 싶다면?
바삭한 식감을 더해주는 김부각은 구운 김(또는 조미 김)으로
대체해도 좋아요. 참치회를 구운 김에 싸 먹듯 포케를 김에 싸 먹으면
익숙한 듯 색다르게 즐길 수 있어요.

매콤 연어 포케볼
+스리라차 마요 드레싱

저자 추천

532 kcal

탄수화물 46.8%	단백질 26.6%	지방 26.6%

포케 전문점의 인기 메뉴인 연어 포케를 홈메이드로 간편하게 만들 수 있는 레시피를 소개해요. 신선한 연어회만 있다면 불조리 없이 손쉽게 만들 수 있죠. 연어와 잘 어울리는 채소를 듬뿍 곁들이고 매콤한 드레싱을 더해 끝까지 상큼하게 먹을 수 있답니다.

Tip
연어를 드레싱에 먼저 버무려두면 간이 잘 배어 다른 재료들과 겉돌지 않고 잘 어우러져요.

15~20분

- 따뜻한 현미밥 60g(또는 잡곡밥)
  * 만들기 31쪽
- 양상추 4장(또는 샐러드 채소, 60g)
- 생연어 1/2토막
  (또는 참치회, 훈제연어, 100g)
- 아보카도 1/2개(100g)
- 오이 1/4개(50g)
- 방울토마토 5개
  (또는 파프리카 1/4개, 75g)
- 적양파 1/8개(또는 양파, 25g)
- 통조림 옥수수 2큰술
  (또는 삶은 병아리콩, 20g)
- 김가루 1/2컵(5g)
- 통깨 약간(생략 가능)

연어 밑간

- 레몬즙 1/2큰술
- 소금 약간
- 통후추 간 것 약간

스리라차 마요 드레싱

- 스리라차 소스 1과 1/2큰술
  (기호에 따라 가감)
- 하프 마요네즈 1큰술
- 양조간장 1큰술
- 알룰로스 1/2큰술(또는 올리고당)
- 참기름 1/2작은술
- 통후추 간 것 약간

1   생연어는 사방 1.5cm 크기로 큼직하게 썬다.

2   볼에 생연어를 담고 연어 밑간 재료를 넣어 버무린다.

3   양상추는 1cm 폭으로 썬다. 오이는 길게 2등분해서 0.5cm 두께로 썬다.
    적양파는 얇게 채 썬다. 방울토마토는 2등분한다.

4   아보카도는 손질한 후 사방 1.5cm 크기로 썬다.

5   볼에 스리라차 마요 드레싱 재료를 넣고 골고루 섞는다.

6   볼에 생연어, 적양파, 스리라차 마요 드레싱 1큰술을 넣어 버무린다.
    그릇에 모든 재료를 골고루 담고 스리라차 마요 드레싱을 곁들인다.

Tip

아보카도 손질이 처음이라면?
아보카도는 씨에 칼이 닿도록 깊숙하게
꽂은 후 돌려가며 칼집을 내요.
아보카도를 비틀어서 두 쪽으로 나눈 후
씨에 칼날을 꽂아 고정한 후 비틀어서
제거해요. 손으로 껍질을 제거하거나
숟가락을 껍질 쪽에 깊숙이 넣어 과육만
퍼내면 돼요. * 49쪽 과정컷 참고

연어를 대체하고 싶다면?
통조림 연어나 통조림 참치로 대체해도
좋아요. 단, 통조림 제품은 간이 되어
있으니 밑간을 생략하세요.

탱글한 새우를 매콤한 양념으로 구워 올려 든든하고 폼나게 즐길 수 있는 메뉴예요.
요거트에 스리라차 소스를 더해 매우면서도 감칠맛 나는 드레싱을 만들었죠.
부드러운 아보카도와 삶은 달걀이 매운맛을 부드럽게 해준답니다.

도시락　저탄수　고 식이섬유

갈릭 새우 포케볼
+ 매콤 요거트 드레싱

588 kcal

| 탄수화물 45.1% | 단백질 27.4% | 지방 27.4% |

20~25분

- 따뜻한 현미밥 60g(또는 잡곡밥)
  * 만들기 31쪽
- 샐러드 채소 50g
- 냉동 생새우살 5마리(킹사이즈, 75g)
- 달걀 1개
- 파프리카 1/4개(50g)
- 아보카도 1/4개
  (또는 다진 견과류 2큰술, 50g)
- 삶은 병아리콩 3큰술(30g)
  * 만들기 31쪽
- 당근 라페 약 1/3컵(30g)
  * 만들기 31쪽
- 레디쉬 1개(생략 가능)
- 양파 플레이크 2큰술
  (또는 마늘 플레이크, 생략 가능)

새우 밑간

- 다진 마늘 1큰술
- 크러시드 페퍼 1/2작은술(생략 가능)
- 올리브유 1작은술
- 소금 약간
- 통후추 간 것 약간

매콤 요거트 드레싱

- 그릭 요거트 2큰술
- 하프 마요네즈 1큰술
- 스리라차 소스 1큰술(기호에 따라 가감)
- 알룰로스 1/2큰술(또는 올리고당)
- 소금 약간
- 통후추 간 것 약간

1 냄비에 달걀, 잠길 만큼의 물을 붓고 센 불에서 끓어오르면 5분간 삶아
   찬물에 담가 한김 식힌 후 껍데기를 벗긴 후 2등분한다.
   * 기호에 따라 12분간 삶아 완숙으로 만들어도 좋아요.

2 냉동 생새우살을 찬물에 10분간 담가 해동한 후 체에 밭쳐 물기를 제거한다.

3 볼에 생새우살, 새우 밑간 재료를 넣고 버무린다.

4 파프리카는 1.5×1.5cm 크기로 썰고, 레디쉬는 모양대로 얇게 썬다.
   아보카도는 손질하여 모양대로 얇게 썬다.

5 달군 팬에 ③의 생새우살을 넣어 중약 불에서 다진 마늘이 타지 않도록
   생새우살을 뒤집어가며 앞뒤로 2~3분간 익힌다.

6 작은 볼에 매콤 요거트 드레싱 재료를 넣고 골고루 섞는다.
   그릇에 모든 재료를 담고 매콤 요거트 드레싱을 곁들인다.

Tip

달걀을 생략하고 싶다면?
아보카도를 좋아한다면 삶은 달걀을
생략하고 아보카도를 1/2개로 늘려
만들어도 맛과 영양 밸런스가 무너지지
않으니 기호에 따라 대체하세요.

아보카도 손질이 처음이라면?
아보카도는 씨에 칼이 닿도록 깊숙하게
꽂은 후 돌려가며 칼집을 내요.
아보카도를 비틀어서 두 쪽으로 나눈 후
씨에 칼날을 꽂아 고정한 후 비틀어서
제거해요. 손으로 껍질을 제거하거나
숟가락을 껍질 쪽에 깊이 넣어 과육만
퍼내면 돼요. * 49쪽 과정컷 참고

레시피 76쪽

피시소스를 이용해 동남아풍 포케를 만들었습니다. 여기에 달콤한 파인애플과
고소한 다진 땅콩으로 이국적인 풍미를 더했어요. 구운 오징어의 쫄깃한 식감과
아삭한 셀러리, 꽈리고추의 조화가 좋아요.

도시락

동남아풍 오징어 포케볼
+ 매콤 피시소스 드레싱

429 kcal

| 탄수화물 56.8% | 단백질 27.4% | 지방 15.8% |

들기름 명란 포케볼
+들기름 드레싱

551 kcal

탄수화물 41.6%　　　단백질 23.8%　　지방 34.7%

들기름 막국수를 재해석해 포케로 만들었어요.
메밀면에 다양한 채소를 더하고 담백하게 구운 저염 명란을 올려
맛과 영양을 더했지요. 고소한 들기름 드레싱과 부드러운
연두부를 더해 한식 샐러드처럼 즐기기 좋은 메뉴입니다.

레시피 78쪽

동남아풍 오징어 포케볼

20~25분

- 따뜻한 현미밥 60g(또는 잡곡밥)
  * 만들기 31쪽
- 샐러드 채소 50g
- 오징어 1/2마리
  (또는 냉동 생새우살 7마리, 120g)
- 파프리카 1/4개(50g)
- 파인애플 링 1/2개(또는 망고 1/2개, 50g)
- 당근 라페 약 1/3컵(30g)
  * 만들기 31쪽
- 꽈리고추 5개(또는 피망 1/2개, 25g)
- 셀러리 10cm(또는 오이 1/4개, 20g)
- 올리브유 1/2큰술
- 다진 마늘 1큰술
- 양조간장 1/2큰술
- 다진 땅콩 1큰술
  (또는 양파 플레이크, 또는 다른 견과류)

매콤 피시소스 드레싱
- 다진 양파 2큰술
- 레몬즙 1/2큰술
- 알룰로스 1/2큰술(또는 올리고당)
- 피시소스 1/2큰술(또는 액젓)
- 스리라차 소스 1/2큰술
- 소금 약간
- 후춧가루 약간

1 오징어 몸통은 가위로 반을 가른다.

2 손으로 내장이 붙은 다리를 떼어낸다.

3 몸통에 붙은 투명한 뼈를 제거한다.

4 다리에 붙은 내장, 눈, 입을 제거한다.
   흐르는 물에 다리를 훑어가며 빨판을 제거한다.

5 오징어는 배 쪽에 0.5cm 폭의 사선으로 칼집을 낸다.

6 몸통은 2등분한 후 1cm 폭으로 썰고, 다리는 4cm 길이로 썬다.

7 꽈리고추는 꼭지를 떼고 2등분한다.
   파프리카는 0.5cm 두께로 채 썬다.
   셀러리는 0.5cm 두께로 어슷 썰고, 파인애플 링은 8등분한다.

8 달군 팬에 올리브유를 두르고 오징어를 넣고 중간 불에서 1분,
   다진 마늘을 넣고 1분간 볶는다.

9 ⑧에 꽈리고추, 양조간장을 넣어 30초간 볶아 접시에 덜어둔다.

10 작은 볼에 매콤 피시소스 드레싱 재료를 넣어 골고루 섞는다.
   그릇에 모든 재료를 담고 매콤 피시소스 드레싱을 곁들인다.

Tip

밥 대신 면으로 대체하고 싶다면?
쌀국수 중 가장 가는 면인 버미셀리를 곁들여보세요.
버미셀리(25g)는 물에 담가 불린 후 끓는 물에 30초간 삶아
찬물에 헹궈 물기를 빼고 사용하면 됩니다.

오징어 대신 다른 해산물을 사용하고 싶다면?
생새우살을 오징어 대신 활용해도 좋아요. 냉동 생새우살 7마리를
해동 후 모양대로 반으로 저며 구운 후 포케에 곁들여보세요.

들기름 명란 포케볼

20~25분

- 메밀면 1줌(또는 현미밥, 50g)
- 샐러드 채소 50g
  (또는 어린잎 채소, 참나물)
- 연두부 작은 것 1팩
  (또는 순두부, 생식 두부, 90g)
- 저염 명란젓 1개(20g)
- 달걀 1개
- 방울토마토 5개(75g)
- 오이 1/4개(또는 파프리카, 50g)
- 아보카도 1/4개
  (또는 다진 견과류 1큰술, 50g)
- 레디쉬 1개(생략 가능)
- 식용유 1작은술
- 들기름 1작은술(또는 참기름)
- 김가루 1/2컵(5g)
- 송송 썬 쪽파 1큰술(또는 다진 대파)

들기름 드레싱

- 들기름 1큰술(또는 참기름)
- 양조간장 1과 1/2큰술
- 맛술 1큰술
- 다진 마늘 1작은술
- 알룰로스 1작은술(또는 올리고당)
- 후춧가루 약간

1 냄비에 메밀면 삶을 물 5컵을 끓인다.
  오이는 0.5cm 두께의 모양대로 썰고,
  레디쉬는 얇게 모양대로 썬다. 방울토마토는 2등분한다.
  아보카도는 손질하여 0.5cm 두께의 모양대로 썬다.

2 볼에 달걀을 푼다.

3 달군 팬에 식용유를 두르고 달걀물을 부어
  앞뒤로 1분간 구운 후 덜어둔다.

4 팬을 닦고 다시 달궈 들기름을 두르고 명란젓을 넣어
  약한 불에서 앞뒤로 굴려가며 3분간 노릇하게 굽는다.

5 ①의 물이 끓으면 냄비에 메밀면을 넣고 포장지에 적힌 시간만큼
  삶아 체에 밭쳐 찬물에 여러 번 헹군 후 물기를 뺀다.

6 한김 식힌 달걀지단은 돌돌 말아 가늘게 채 썬다.

7 구운 명란젓은 한입 크기로 썬다.

8 볼에 들기름 드레싱 재료를 넣고 골고루 섞는다.
  그릇에 모든 재료를 담고 들기름 드레싱을 곁들인다.
  * 연두부는 숟가락으로 떠서 자연스럽게 그릇에 담아요.

Tip

메밀면을 대체하고 싶다면?
메밀면 대신 두부면을 활용하면 잘 어울려요. 두부면으로
대체한다면 생식 두부는 생략해도 좋고요. 단, 포만감과 단백질
섭취가 떨어질 수 있으니 달걀을 1개 더 늘려 섭취하세요.

아보카도 손질이 처음이라면?
아보카도는 씨에 칼이 닿도록 깊숙하게 꽂은 후 돌려가며 칼집을 내요.
아보카도를 비틀어서 두 쪽으로 나눈 후 씨에 칼날을 꽂아 고정한 후
비틀어서 제거해요. 손으로 껍질을 제거하거나 숟가락을 껍질 쪽에
깊숙이 넣어 과육만 퍼내면 돼요. * 49쪽 과정컷 참고

통조림 참치와 게맛살을 이용해 불조리 없이 초간단으로
만들 수 있는 포케입니다. 수분감 많은 채소를 듬뿍 넣어
아삭한 식감을 내고 알싸한 와사비 마요 드레싱을 곁들여
부드럽고 익숙한 맛을 냈답니다. 포케가 처음이라면,
쉽게 도전하기 좋은 메뉴예요.

초간단 도시락 고단백 고
식이섬유

와사비 참치 포케볼
+ 와사비 마요 드레싱

474 kcal

탄수화물 51%   단백질 30.4%   지방 18.6%

15~20분

- 따뜻한 현미밥 60g(또는 잡곡밥)
  * 만들기 31쪽
- 샐러드 채소 50g
- 통조림 참치 작은 것 1캔
  (또는 삶은 닭가슴살, 통조림 연어,
  100g)
- 오이 1/4개(또는 파프리카, 50g)
- 게맛살 2개(짧은 것, 40g)
- 적양배추 1장
  (또는 양배추, 알배기 배추, 30g)
- 당근 라페 약 1/3컵(30g)
  * 만들기 31쪽
- 통조림 옥수수 2큰술(30g)
- 양파 플레이크 2큰술
  (또는 마늘 플레이크, 김가루,
  생략 가능)

와사비 마요 드레싱

- 다진 양파 2큰술
- 연와사비 1작은술(기호에 따라 가감)
- 알룰로스 1/2큰술(또는 올리고당)
- 하프 마요네즈 1과 1/2큰술
- 레몬즙 1작은술
- 소금 약간
- 후춧가루 약간

1 통조림 참치는 체에 밭쳐 기름기를 뺀다.

2 적양배추는 가늘게 채 썬다. 오이는 0.5cm 두께의 모양대로 썬다.
　게맛살은 가늘게 찢는다.

3 볼에 연와사비, 알룰로스를 넣어 잘 섞은 후
　나머지 와사비 마요 드레싱 재료를 넣어 골고루 섞는다.

4 볼에 통조림 참치, 와사비 마요 드레싱 1/2큰술을 넣어 골고루 버무린다.
　그릇에 모든 재료를 담고 와사비 마요 드레싱을 곁들인다.

chapter 2   **샐러드볼**

SALAD

채소로만 구성된 샐러드가 아닌 곡류, 콩류, 고기류, 견과류 등을 든든하게 더해 영양 밸런스를 맞춘 샐러드를 소개해요. 포만감도 충분히 느낄 수 있어 한 끼로도 충분하죠. 드레싱도 다양한 맛과 농도로 만들어 곁들였어요. 두부를 듬뿍 넣고 갈아 되직하게 만들거나 살사처럼 건더기가 풍부하게 만들기도 했죠. 드레싱은 넉넉히 만들어두었다가 여기저기 샐러드에 응용해도 좋아요. 구운 통밀 또띠야나 곡물빵을 곁들여 오픈 샌드위치나 부리또 등으로 색다르게 즐겨도 맛있답니다.

양배추 사과 샐러드볼
+두부 땅콩 드레싱

381 kcal

| 탄수화물 50.6% | 단백질 27.1% | 지방 22.4% |

재료는 간단하지만 아삭하고 고소한 맛에 계속 먹게 되는 샐러드예요.
두부 땅콩 드레싱에는 두부가 듬뿍 들어가 되직해요. 그래서
샐러드에 드레싱 버무릴 때는 살짝 힘을 줘야 골고루 섞을 수 있어요.
햄프씨드를 뿌려 고소함과 영양을 더했습니다.

Tip
햄프씨드는
단백질이 풍부한
슈퍼푸드 중 하나예요.
토핑으로 듬뿍
곁들여보세요.

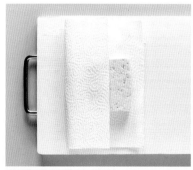

15~20분

- 양배추 4장(손바닥 크기,
  또는 적양배추, 알배기배추, 120g)
- 사과 1/2개(100g)
- 당근 1/4개(또는 파프리카, 50g)
- 햄프씨드 1큰술
  (또는 다진 견과류 1큰술)

두부 땅콩 드레싱
- 두부 큰 팩 1/2모(부침용, 150g)
- 무첨가 땅콩버터 1큰술
  (또는 통깨 간 것 2큰술)
- 레몬즙 1큰술
- 양조간장 1큰술
- 알룰로스 1큰술(또는 올리고당)
- 올리브유 1/2큰술
- 소금 1/2작은술
- 후춧가루 약간

1 두부는 키친타월로 눌러 물기를 제거한다.

2 푸드 프로세서에 두부 땅콩 드레싱 재료를 넣어 곱게 간다.
   * 두부를 먼저 간 후 나머지 재료를 넣어 갈면 좀 더 부드럽고 곱게 갈려요.

3 양배추, 사과, 당근은 가늘게 채 썬다.

4 큰 볼에 두부 땅콩 드레싱, 양배추, 사과, 당근을 넣고 골고루 섞는다.
   그릇에 담고 햄프씨드를 뿌린다.

Tip

더 든든하게 즐기고 싶다면?
삶은 달걀을 추가해 단백질 섭취를
늘리면 좋아요. 달걀은 굵게 다져
마지막 과정에 추가해 골고루 버무려요.
또는 구운 또띠야를 곁들여 싸 먹으면
포만감을 더할 수 있어요.

두부 땅콩 드레싱이 남았다면?
이 드레싱은 되직해서 마요네즈를
대체해 다양하게 활용하면 좋아요.
채소 스틱에 곁들이는 딥소스나
샌드위치 스프레드로도 잘 어울려요.
밀폐 용기에 넣어 3~5일간 냉장 보관
가능합니다.

쌈이나 반찬으로 먹던 알배기배추를 샐러드로
새롭게 즐길 수 있는 메뉴예요. 부피가 큰 알배기배추를
소금에 절여 부피 부담은 줄이고 식이섬유는
듬뿍 섭취할 수 있지요. 아삭한 알배기배추에 달걀,
단호박 등 포만감 있는 재료들을 더해 든든하답니다.

고
식이섬유 저자
추천

절인 배추 달걀 샐러드볼
+머스터드 요거트 드레싱

418 kcal

탄수화물 48.2%   단백질 23.5% 지방 28.2%

15~20분(+ 알배기배추 절이기 10분)

- 알배기배추 5장(또는 양배추, 200g)
- 단호박 약 1/5개
  (또는 고구마 작은 것 1개, 150g)
- 달걀 2개
- 사과 1/2개(100g)
- 오이 1/2개(100g)
  * 사과, 오이는 동량의
    다른 채소, 과일로 대체 가능
- 소금 1작은술
- 통후추 간 것 약간

머스터드 요거트 드레싱

- 그릭 요거트 3큰술
- 하프 마요네즈 1큰술(또는 마요네즈)
- 저당 머스터드 소스 1큰술
  (기호에 따라 가감)
- 알룰로스 1작은술(또는 올리고당)
- 소금 1/4작은술
- 후춧가루 약간

1 냄비에 달걀, 잠길 만큼의 물을 붓고 센 불에서 끓어오르면
   약한 불로 줄여 12분간 삶아 찬물에 담가 한김 식혀 껍데기를 벗긴다.
   볼에 담고 매셔나 포크로 굵게 으깬다.

2 알배기배추는 0.5cm 두께로 채 썬다.

3 큰 볼에 알배기배추, 소금을 넣고 골고루 버무려
   10분간 절인 후 체에 밭쳐 찬물에 헹궈 물기를 꼭 짠다.

4 단호박은 씨 부분을 제거하고 껍질째 사방 1.5cm 크기로 썰고,
   사과, 오이는 사방 1cm 크기로 굵게 다진다.

5 내열 용기에 단호박을 넣고 뚜껑을 덮어 전자레인지에서 2분간 익힌다.
   * 익히는 시간은 단호박의 종류와 크기에 따라 가감해요.

6 볼에 머스터드 요거트 드레싱 재료를 넣어 골고루 섞은 후
   나머지 재료를 넣어 골고루 섞는다.

Tip

샌드위치로 즐기고 싶다면?
통밀 또띠아나 통밀 식빵을 구운 후
한김 식히고 샐러드를 듬뿍 올려
샌드위치로 만들어보세요. 절인
알배기배추를 사용해 수분이 많이
나오지 않아 좋습니다. 넉넉히 만들어
밀폐 용기에 담아 냉장 보관하면
1~2일 정도 신선하게 먹을 수 있어요.

달걀 토핑 시저 샐러드볼
+요거트 시저 드레싱

도시락   저탄수

470 kcal

| 탄수화물 44.1% | 단백질 29% | 지방 26.1% |

인기 있는 시저 샐러드를 칼로리는 낮추고, 포만감은 높게 개발했어요. 사과를 더해 단맛과 아삭한 식감을 살리고, 삶은 달걀을 그레이터로 갈아서 토핑으로 올려 색다르면서도 재료들과 골고루 섞일 수 있도록 했지요. 칼로리가 높은 일반 시저 드레싱 대신 그릭 요거트와 하프 마요네즈를 활용해 풍미는 높이고 칼로리는 낮춘 요거트 시저 드레싱을 곁들였습니다.

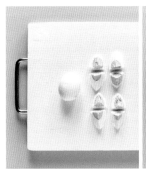

20~25분

- 곡물 식빵 1장(또는 곡물빵, 40g)
- 로메인 12장(손바닥 크기,
  또는 쌈 케일, 샐러드 채소, 70g)
- 사과 1/2개(또는 배 1/4개, 100g)
- 달걀 2개
- 방울토마토 5개(75g)
- 베이컨 긴 것 2줄
  (또는 닭가슴살 슬라이스햄)

요거트 시저 드레싱

- 그라나 파다노 치즈 간 것 1큰술
- 레몬즙 1/2큰술
- 그릭 요거트 2큰술
- 하프 마요네즈 1큰술
- 다진 마늘 1작은술
- 홀그레인 머스터드 소스 1작은술
- 알룰로스 1작은술(또는 올리고당)
- 소금 약간
- 통후추 간 것 약간

1 냄비에 달걀, 잠길 만큼을 물을 넣어 센 불에서 끓어오르면
  중간 불로 줄여 12분간 삶아 한김 식혀 껍데기를 벗긴다.
  삶은 달걀 1개는 8등분하고, 나머지 1개는 그대로 둔다.

2 로메인은 한입 크기로 썬다. 사과는 0.5cm 두께로 채 썰고,
  방울토마토는 4등분한다. 베이컨은 0.5cm 두께로 채 썬다.

3 달군 팬에 곡물 식빵을 올려 중약 불에서 앞뒤로 각각 1분 30초씩 구운 후
  한김 식혀 10등분한다.

4 팬을 닦고 다시 달궈 베이컨을 올려 중간 불에서 1분간 볶아
  키친타월에 올려 기름기를 제거한다.

5 볼에 요거트 시저 드레싱 재료를 넣어 골고루 섞는다.

6 큰 볼에 삶은 달걀 1개를 제외한 모든 재료를 넣어 가볍게 버무린다.
  나머지 삶은 달걀 1개를 그레이터로 갈아 치즈처럼 올린다.
  * 그레이터가 없다면 나머지 달걀 1개도 8등분해 올려도 좋아요.

Tip

더 건강하게 즐기려면?
기름진 베이컨이 부담스럽다면
담백한 닭가슴살 슬라이스햄이나
닭가슴살 소시지로 대체해도 좋아요.
또한 구운 빵 대신 구운 감자나
구운 고구마로 대체해도 좋습니다.

샐러드볼

프렌치 토스트 샐러드볼
+ 메이플 발사믹 드레싱

519 kcal

탄수화물 46.1% 단백질 20.2% 지방 33.7%

도시락

프렌치 토스트와 샐러드를 같이 즐기는 메뉴예요.
달걀물을 입혀 구운 곡물 식빵에 계절 과일과 채소를 더해
상큼하게 맛볼 수 있죠. 메이플시럽을 넣어 만든 드레싱을 곁들여
브런치를 즐기듯 폼 나는 한 끼를 차려보세요.

20~25분

- 곡물 식빵 1장(또는 곡물빵, 40g)
- 시금치 1줌(또는 어린잎 채소,
  샐러드 채소, 25g)
- 딸기 5개(또는 바나나, 포도 등, 100g)
- 보코치니 치즈 1/2봉
  (또는 생 모짜렐라 치즈 1/2개,
  스트링 치즈, 슬라이스 치즈, 30g)
- 무염 버터 1큰술(또는 올리브유)
- 아몬드 슬라이스 1큰술
  (또는 다진 견과류, 10g)

달걀물

- 달걀 1개
- 그릭 요거트 1큰술(또는 우유 2큰술)
- 알룰로스 1작은술(또는 올리고당)
- 소금 1/3작은술
- 통후추 간 것 약간

메이플 발사믹 드레싱

- 메이플시럽 1큰술
- 발사믹 식초 1큰술
- 올리브유 1작은술
- 소금 약간
- 통후추 간 것 약간

1 시금치는 2~3등분한다. 딸기는 2등분한다.

2 곡물 식빵은 8등분한다.

3 볼에 달걀물 재료를 넣어 골고루 섞는다.

4 ③의 볼에 곡물 식빵을 넣어 충분히 적신다.

5 달군 팬에 버터를 올려 버터가 녹으면 곡물 식빵을 넣고 중약 불에서
   앞뒤로 각각 1분 30초씩 굽는다.

6 작은 볼에 메이플 발사믹 드레싱 재료를 넣어 골고루 섞는다.
   그릇에 시금치를 담고 나머지 재료를 담은 후 메이플 발사믹 드레싱을 곁들인다.

브리 치즈 파스타 샐러드볼

490 kcal

탄수화물 46.7%   단백질 22.8% 지방 30.4%

요리 잘하기로 유명한 성시경 님이 소개한 브리 치즈 파스타를 따뜻한 샐러드로 응용해보았습니다.
통밀 파스타 양은 줄이고 루꼴라, 구운 버섯을 더해 식감과 포만감을 높였지요. 통밀 파스타와 구운 버섯이
따뜻할 때 브리 치즈와 섞어야 치즈가 녹으면서 골고루 섞인답니다.

20~25분

- 통밀 푸실리 2/3컵
  (또는 다른 숏 파스타, 40g)
- 와일드 루꼴라 1/2줌
  (또는 샐러드 채소, 25g)
- 방울토마토 15개
  (또는 토마토 1개, 225g)
- 모둠 버섯 100g
  (양송이버섯, 표고버섯, 느타리버섯 등)
- 브리 치즈 작은 것 2개
  (또는 큰 것 1/2개, 50g)
- 바질 잎 10~15장(10g)
- 마늘 2개(또는 다진 마늘 1/2큰술)
- 올리브유 1큰술 + 1작은술
- 소금 1/3작은술 + 약간
- 통후추 간 것 약간

1 와일드 루꼴라, 방울토마토는 2등분한다. 바질 잎은 굵게 다진다.

2 버섯은 밑동을 제거하고 결대로 찢거나, 1cm 폭으로 썬다.
   마늘은 굵게 다진다. 브리 치즈는 사방 1cm 크기로 굵게 다진다.

3 큰 볼에 방울토마토, 바질 잎, 마늘, 브리 치즈, 올리브유 1큰술,
   소금 1/3작은술, 통후추 간 것을 넣어 가볍게 섞는다.

4 냄비에 파스타 삶을 물 5컵, 소금 1작은술을 넣어 끓인다. 물이 끓어오르면
   통밀 파스타를 넣고 포장지에 적힌 시간만큼 삶아 체에 밭쳐 물기를 뺀다.

5 달군 팬에 올리브유 1작은술을 두르고 버섯을 넣어
   중간 불에서 1분, 소금 약간을 넣고 1분 더 노릇하게 볶는다.

6 ③의 볼에 통밀 파스타, 구운 버섯을 넣고 브리 치즈가 녹아 재료가
   섞일 수 있도록 골고루 버무린다. 그릇에 모든 재료를 골고루 담는다.
   ★ 통밀 파스타와 버섯이 뜨거울 때 브리 치즈와 섞어야 소스처럼 버무려져요.

Tip

버섯 대신 다른 채소로 대체하려면?
집에 있는 파프리카, 애호박, 가지 등
다른 채소를 100g 정도 준비하세요.
한입 크기로 썬 후 달군 팬에서
노릇하게 구워 과정 ⑤에서 버섯 대신
구운 후 넣어 버무리면 됩니다.

샐러드볼

유명 베이커리의 메뉴를 맛보고 응용해 만든 메뉴랍니다.
촉촉한 스크램블에그, 삶은 퀴노아에 토마토 살사를 올려 상큼하게 즐길 수
있어요. 잘 익은 아보카도를 얇게 썰어 토핑처럼 올려 숟가락으로 함께
떠 먹으면 맛은 물론 영양 밸런스가 딱 맞는 한그릇 샐러드랍니다.

레시피 96쪽

> **Tip**
> 크러시드 페퍼가
> 들어간 매콤한
> 스크램블이 색다른
> 맛을 낸답니다.

저탄수 저자추천

매콤 스크램블
토마토 살사 샐러드볼

554 kcal

탄수화물 45.2%	단백질 25%	지방 29.8%

치킨 퀴노아 케일 샐러드볼
+ 허니 머스터드 드레싱

541 kcal

| 탄수화물 40.4% | 단백질 33.7% | 지방 26% |

바삭하게 구워낸 닭고기와 케일, 퀴노아를 함께 먹는 밸런스 샐러드입니다. 케일은 얇게 채 썰어 삶은 퀴노아와 함께 허니 머스터드 드레싱에 버무리고, 구운 닭고기는 토핑으로 올렸습니다. 닭고기와 잘 어울리는 헤이즐넛은 고소하게 구워 굵게 다져 올리면 식감과 풍미를 더해줍니다.

레시피 98쪽

매콤 스크램블
토마토 살사 샐러드볼

20~25분

- 퀴노아 1/3컵(40g, 삶은 후 100g)
- 아보카도 1/2개(100g)
- 와일드 루꼴라 1/2줌
  (또는 시금치, 어린잎 채소, 25g)
- 올리브유 1작은술
- 다진 마늘 1작은술
- 크러시드 페퍼 1/2작은술(생략 가능)
- 그라나 파다노 치즈 간 것 1큰술
  (또는 슈레드 피자 치즈, 파마산 치즈 가루 등)

달걀물

- 달걀 2개
- 우유 1/4컵
  (또는 아몬드 우유, 두유, 귀리 우유, 50㎖)
- 소금 1/4작은술
- 통후추 간 것 약간

토마토 살사

- 방울토마토 5개(75g)
- 적양파 1/8개(또는 양파, 25g)
- 다진 이탈리안 파슬리 1작은술(또는 다진 바질)
- 화이트 발사믹 식초 1큰술
- 올리브유 1/2큰술
- 소금 1/4작은술
- 통후추 간 것 약간

1 냄비에 퀴노아와 물 2컵을 넣는다. 센 불에서 끓어오르면
  약한 불로 줄여 15분간 삶은 후 체에 밭쳐 물기를 뺀다.

2 방울토마토, 적양파는 잘게 다진 후 볼에 담고
  나머지 토마토 살사 재료를 넣고 골고루 섞는다.

3 아보카도는 껍질 깊숙이 칼을 넣어 돌려가며 칼집을 낸다.

4 아보카도를 비틀어 2등분한 후 씨에 칼을 꽂아 비틀어 제거한다.

5 와일드 루꼴라는 2~3등분한다.
  아보카도는 0.5cm 두께의 모양대로 얇게 썬다.

6 볼에 달걀물 재료를 넣어 골고루 섞는다.

7 달군 팬에 올리브유를 두르고 다진 마늘, 크러시드 페퍼를 넣어
  중약 불에서 1분, 삶은 퀴노아를 넣고 중간 불로 올려
  2분간 볶는다.

8 ⑦에 달걀물을 넣고 1분간 저어가며 촉촉한 스크램블을 만든다.

9 불을 끄고 와일드 루꼴라, 그라나 파다노 치즈 간 것을 넣어 가볍게
  섞는다. 볼에 담고 아보카도를 올린 후 토마토 살사를 곁들인다.

Tip

퀴노아가 낯설다면?
퀴노아 대신 오트밀 1/3컵(30g)으로 대체해도 좋아요.
오트밀은 전처리없이 과정 ⑦에서 삶은 퀴노아 대신 넣어 조리하세요.

치킨 퀴노아 케일 샐러드볼

20~25분

- 퀴노아 1/4컵(30g, 삶은 후 약 75g)
- 쌈 케일 10장(또는 샐러드 채소, 50g)
- 닭다리살 1조각(또는 닭가슴살, 100g)
- 당근 라페 약 1/3컵(30g)
- *만들기 31쪽
- 적양파 1/8개(또는 양파, 25g)
- 헤이즐넛 20g(또는 다른 견과류, 2큰술)
- 그라나 파다노 치즈 간 것 1큰술

닭다리살 밑간

- 청주 1큰술
- 올리브유 1작은술
- 소금 약간
- 후춧가루 약간

허니 머스터드 드레싱

- 레몬즙 1큰술
- 화이트 발사믹 식초 1큰술(또는 발사믹 식초)
- 저당 머스터드 소스 1큰술
- 올리브유 1/2큰술
- 꿀 1작은술(또는 알룰로스, 올리고당)
- 소금 1/3작은술
- 통후추 간 것 약간

1 냄비에 퀴노아와 물 2컵을 넣는다. 센 불에서 끓어오르면 약한 불로 줄여 15분간 삶은 후 체에 밭쳐 물기를 뺀다.

2 쌈 케일은 돌돌 말아 0.5cm 두께로 썬다. 적양파는 얇게 채 썰어 찬물에 담아 매운 맛을 제거한 후 체에 밭쳐 물기를 뺀다.

3 닭다리살은 1.5cm 폭으로 썬다.

4 볼에 닭다리살, 닭다리살 밑간 재료를 넣어 골고루 버무린다.

5 달군 팬에 헤이즐넛을 넣어 중약 불에서 겉면이 노릇해지도록 1분간 볶는다.

6 구운 헤이즐넛은 굵게 다진다.

7 ⑥의 팬을 닦고 다시 달궈 닭다리살을 넣어 중간 불에서 3분간 타지 않게 자주 뒤집어가며 노릇하게 굽는다.

8 큰 볼에 허니 머스터드 드레싱 재료를 넣어 골고루 섞는다. 그 볼에 케일, 퀴노아, 적양파를 넣어 가볍게 섞는다. 그릇에 모든 재료를 골고루 담는다.

Tip

퀴노아 대신 다른 곡물을 곁들이고 싶다면?
삶은 율무나 삶은 카무트를 추천해요.
탱글한 식감이 샐러드와 잘 어울린답니다.

오이탕탕이 치킨 샐러드볼

고단백 저자추천

451 kcal

탄수화물 51.9%	단백질 33%	지방 15.1%

SNS에서 인기를 끌었던 오이탕탕이와 중국 사천식
닭고기 냉채를 응용해 샐러드로 만들었습니다. 오이를 방망이로
두드리면 오이 향이 극대화되고 간이 잘 배는 장점이 있죠.
또한 오이탕탕이의 양념이 드레싱 역할을 해줘
따로 드레싱을 만들 필요가 없어요. 싱그러운 오이와 매콤 고소한
닭가슴살이 어우러져 청량함이 살아있는 메뉴입니다.

15~20분(+ 오이 절이기 10분)

- 통밀 또띠야 1장
- 양상추 4장
  (손바닥 크기, 또는 샐러드 채소, 60g)
- 오이 1개(200g)
- 시판 닭가슴살 1개
  (또는 닭가슴살 1개, 100g)
- 파프리카 1/2개(또는 토마토, 100g)
- 다진 땅콩 1큰술(또는 다른 견과류, 10g)

오이탕탕이 양념
- 통깨 간 것 2큰술
- 다진 마늘 1큰술
- 식초 2큰술
- 알룰로스 1큰술(또는 올리고당)
- 소금 1작은술

매콤 땅콩 소스
- 무첨가 땅콩버터 1큰술
- 양조간장 1큰술
- 알룰로스 1/2큰술(또는 올리고당)
- 스리라차 소스 1/2큰술
- 후춧가루 약간

1 오이는 양끝을 잘라내고, 가시를 제거한 후 위생팩에 넣어
  방망이(절굿공이)로 두드려 부순다.

2 오이는 한입 크기로 썰어 볼에 담고 오이탕탕이 양념 재료를 넣어
  골고루 버무린 후 10분간 냉장 보관한다.

3 닭가슴살은 결대로 찢는다. 볼에 매콤 땅콩 소스 재료를 넣어 골고루 섞는다.

4 매콤 땅콩 소스에 닭가슴살을 넣어 골고루 버무린다.

5 양상추는 1cm 두께로 썰고, 파프리카는 0.5cm 두께로 채 썬다.

6 달군 팬에 기름을 두르지 않고 통밀 또띠야를 넣어
  약한 불에서 앞뒤로 각각 30초씩 구워 4~6등분한다.
  그릇에 양상추, 파프리카를 담고 오이탕탕이와 닭가슴살을 올린 후
  통밀 또띠야를 곁들인다.

Tip

닭가슴살을 직접 삶아서 사용하고 싶다면?
냄비에 닭가슴살, 잠길 만큼의 물,
청주 1작은술을 넣어요. 물이 끓어오르면
중간 불에서 12분간 삶은 후 한김 식혀
결대로 잘게 찢어 사용하면 됩니다.

월남쌈 재료를 샐러드처럼 버무려 먹는 메뉴입니다. 돼지고기는 피시소스를 넣은 양념에
볶아 이국적 풍미를 더했죠. 가장 가는 쌀국수인 버미셀리는 샐러드에 잘 어울리고
양념도 잘 묻어나는 장점이 있어 함께 사용했습니다. 양파 절임이 아삭하고 새콤함을,
땅콩 라임 드레싱이 상큼하면서도 고소함을 더해줍니다.

Tip
오이, 파프리카,
셀러리, 토마토는
동량의 다른 채소들로
대체해도 좋아요.

도시락	고단백	고 식이섬유

월남쌈 샐러드볼
+ 땅콩 라임 드레싱

455kcal

탄수화물 54.3%	단백질 30.5%	지방 15.2%

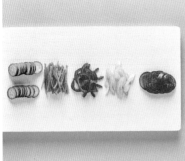 

20~25분

- 버미셀리 1/2줌(또는 쌀국수, 25g)
- 샐러드 채소 30g
  (또는 어린잎 채소, 양상추)
- 돼지고기 앞다리살 100g
  (불고기용, 또는 돼지고기 안심)
- 토마토 1/4개
  (또는 방울토마토 3개, 50g)
- 오이 1/4개(50g)
- 파프리카 1/4개(50g)
- 당근 1/8개(25g)
- 셀러리 10cm(20g)
  * 오이, 파프리카, 당근, 셀러리는
    동량의 채소들로 대체 가능
- 양파 절임 1/3컵(1/4개분, 50g)
  * 만들기 31쪽
- 식용유 1작은술
- 다진 땅콩 1큰술(또는 다른 견과류)
- 고수 약간(생략 가능)

돼지고기 밑간
- 다진 마늘 1큰술
- 맛술 1큰술
- 피시소스 1큰술(또는 까나리 액젓)
- 양조간장 1큰술
- 크러시드 페퍼 1/2작은술(생략 가능)
- 후춧가루 약간

땅콩 라임 드레싱
- 무첨가 땅콩버터 1큰술
- 생수 1큰술
- 양조간장 1큰술
- 라임즙 1큰술(또는 레몬즙)
- 알룰로스 1큰술(또는 올리고당)

1 버미셀리는 찬물에 담가 15분간 불린다.
   냄비에 버미셀리 데칠 물을 끓인다.

2 돼지고기 앞다리살은 한입 크기로 썰어 볼에 담고
   돼지고기 밑간 재료를 넣어 버무린다.

3 오이, 토마토는 0.5cm 두께의 모양대로 썬다.
   파프리카, 당근은 0.5cm 두께로 채 썬다. 셀러리는 0.5cm 두께로 어슷 썬다.

4 ①의 끓는 물에 버미셀리를 넣어 30초간 데친 후 체에 밭쳐 찬물에 헹궈 물기를 뺀다.

5 달군 팬에 식용유를 두르고 ②의 돼지고기를 넣어
   중간 불에서 3분간 노릇하게 굽는다.
   * 양념에 타지 않게 자주 뒤집어가며 구워요.

6 볼에 땅콩 라임 드레싱 재료를 넣어 골고루 섞는다.
   그릇에 모든 재료를 담고 고수, 다진 땅콩을 뿌린 후 땅콩 라임 드레싱을 곁들인다.

Tip

**버미셀리 대신 라이스 페이퍼로
대체하고 싶다면?**
월남쌈 재료로 만든 샐러드라 라이스
페이퍼에 싸서 먹어도 잘 어울려요.
버미셀리를 생략하고 따뜻한 물에 불린
라이스 페이퍼를 곁들여 즐겨보세요.

버거 샐러드볼
+ 구운 양파 케요네즈 드레싱

도시락 · 저자추천

537 kcal

탄수화물 49.5%　　단백질 24.3%　지방 28.2%

Tip
소스에 들어간 딜을
토핑으로 뿌리면
이국적인 풍미를
더할 수 있어요.

햄버거를 샐러드로 새롭게 재해석했습니다. 햄버거에 들어가는 요소를 샐러드의
재료로 활용했죠. 감자 튀김 대신 구운 감자를, 스프레드는 드레싱으로 만들었습니다.
감칠맛 나게 볶은 양파를 드레싱 재료로 활용해서 햄버거의 풍미를 살렸습니다.

25~30분

- 양상추 4장
  (손바닥 크기, 또는 샐러드 채소, 50g)
- 감자 1개
  (또는 고구마, 삶은 병아리콩, 200g)
- 쇠고기 샤부샤부용 100g
  (또는 쇠고기 불고기용)
- 오이 1/4개(또는 파프리카, 50g)
- 방울토마토 5개(75g)
- 할라피뇨 10g
  (또는 오이 피클, 생략 가능)
- 블랙 올리브 10g(생략 가능)
- 올리브유 1작은술 + 1작은술 + 1작은술
- 소금 약간
- 통후추 간 것 약간

구운 양파 케요네즈 드레싱
- 다진 양파 1/2개분(100g)
- 다진 딜 1작은술(생략 가능)
- 하프 마요네즈 1큰술
- 하프 토마토 케첩 1작은술
- 저당 머스터드 소스 1작은술
- 레몬즙 1작은술
- 소금 약간
- 통후추 간 것 약간

1 양상추는 한입 크기로 썬다. 오이는 0.5cm 두께의 모양대로 썰고,
  방울토마토는 2등분한다.

2 감자는 껍질을 벗겨 굵게 채 썬다. 블랙 올리브는 2~3등분한다.

3 쇠고기는 키친타월로 꾹꾹 눌러 핏물을 제거하고 한입 크기로 썬다.

4 달군 팬에 올리브유 1작은술을 두르고 구운 양파 케요네즈 드레싱의 다진 양파를 넣어
  중간 불에서 3분간 노릇하게 볶아 한김 식힌다.

5 볼에 ④의 볶은 양파, 나머지 구운 양파 케요네즈 드레싱 재료를 넣어 골고루 섞는다.

6 팬을 닦고 다시 달궈 올리브유 1작은술을 두르고 감자를 넣어 중약 불에서 2분,
  중간 불로 올려 2분간 노릇하게 구운 후 소금, 통후추 간 것을 뿌린다.

7 팬을 닦고 다시 달궈 올리브유 1작은술을 두르고 쇠고기를 넣은 후
  소금, 통후추 간 것을 뿌려 중간 불에서 2분간 바삭하게 굽는다.
  그릇에 모든 재료를 돌려 담고 드레싱을 곁들인다.

Tip

감자를 대체하고 싶다면?
구운 감자 대신 구운 고구마를 곁들여도
좋아요. 또는 구운 통밀 또띠야를 더해도
색다른 맛으로 즐길 수 있어요.

도시락　저탄수

파프리카 불고기 샐러드볼
+ 쌈장 드레싱

535 kcal

탄수화물 42.2%	단백질 27.5%	지방 30.4%

익숙한 불고기를 넣어 만든 한식 샐러드입니다. 불고기의 단짝인 쌈채소를
듬뿍 넣고 삶은 퀴노아를 더해 포만감을 높였습니다. 파프리카는 고명처럼 올려
식감과 색감을 더했고, 쌈장을 이용한 감칠맛 나는 드레싱을 곁들였어요.

Tip
파프리카는 노랑,
주황, 빨강색을
섞어서 사용하면
알록달록한 색감을
살릴 수 있어요.

20~25분

- 퀴노아 1/4컵(30g, 삶은 후 약 75g)
- 쌈채소 50g
  (또는 샐러드 채소, 어린잎 채소)
- 쇠고기 샤부샤부용 100g
  (또는 쇠고기 불고기용)
- 파프리카 1/4개(또는 오이, 50g)
- 식용유 1작은술

쇠고기 밑간
- 양조간장 1큰술
- 맛술 1큰술
- 다진 대파 1작은술
- 참기름 1작은술
- 후춧가루 약간

쌈장 드레싱
- 통깨 간 것 1큰술
- 쌈장 1큰술
- 하프 마요네즈 1큰술
- 식초 1/2큰술
- 알룰로스 1작은술(또는 올리고당)
- 후춧가루 약간

1 냄비에 퀴노아와 물 2컵을 넣는다.
   센 불에서 끓어오르면 약한 불로 줄여 15분간 삶은 후 체에 밭쳐 물기를 뺀다.

2 쇠고기는 키친타월로 꾹꾹 눌러 핏물을 제거하고 한입 크기로 썬다.

3 볼에 쇠고기, 쇠고기 밑간 재료를 넣어 골고루 버무린다.

4 쌈채소는 한입 크기로 썬다. 파프리카는 1×1cm 크기로 썬다.

5 달군 팬에 식용유를 두르고 ③의 쇠고기를 넣어 중간 불에서 2분간 볶은 후
   접시에 덜어둔다.

6 작은 볼에 쌈장 드레싱 재료를 넣어 골고루 섞는다.
   그릇에 모든 재료를 담고 쌈장 드레싱을 곁들인다.

Tip

쌈장을 직접 만들고 싶다면?
시판 쌈장 대신 고추장, 된장을 이용해
쌈장을 만들어보세요. 고추장 1/2큰술,
된장 1작은술(염도에 따라 가감),
알룰로스 1작은술(또는 올리고당),
다진 마늘 1작은술, 참기름 1작은술을
골고루 섞으면 됩니다.

Tip
과일과 채소에서
배어난 즙이
드레싱의 역할을
해줘요.

구운 연어 파인애플 살사 샐러드볼

482 kcal

탄수화물 47.9%	단백질 29.8%	지방 22.3%

담백하게 구운 연어, 방울양배추를 올린 든든한 샐러드입니다.
자칫 비리거나 텁텁할 수 있는 연어의 맛을 상큼한 파인애플 살사로 잡았답니다.
파인애플 살사의 양념이 드레싱 역할을 해줘 다른 채소와도 잘 어우러져요.

레시피 110쪽

구운 연어 파인애플 살사 샐러드볼

20~25분

- 퀴노아 1/4컵(30g, 삶은 후 약 75g)
- 샐러드 채소 30g(또는 어린잎 채소 1줌)
- 연어 1토막(구이용, 또는 닭가슴살 1개, 100g)
- 방울양배추 4개(또는 양배추 2장, 50g)
- 올리브유 1작은술 + 1작은술
- 양조간장 1큰술
- 맛술 1큰술

파인애플 살사

- 파인애플 링 1/2개(또는 망고, 자두, 50g)
- 오이 1/4개(50g)
- 파프리카 1/4개(50g)
- 다진 적양파 2큰술(또는 다진 양파)
- 화이트 발사믹 식초 1큰술
- 올리브유 1/2큰술
- 레몬즙 1작은술
- 다진 이탈리안 파슬리 약간(생략 가능)
- 소금 약간
- 통후추 간 것 약간

1 냄비에 퀴노아와 물 2컵을 넣는다.
센 불에서 끓어오르면 약한 불로 줄여 15분간 삶은 후
체에 밭쳐 물기를 뺀다.

2 방울양배추는 2등분한다.

3 파프리카, 오이, 파인애플 링은 사방 1cm 크기로 다진다.

4 볼에 파인애플 살사 재료를 넣어 골고루 섞는다.

5 달군 팬에 올리브유 1작은술을 두르고 연어를 올려
중간 불에서 3분간 굽는다.

6 팬 한 쪽에 올리브유 1작은술을 더 두르고 방울양배추를 넣는다.

7 연어와 방울양배추를 뒤집어가며 2분간 노릇하게 굽는다.
양조간장, 맛술을 두르고 향을 입혀 1분간 더 굽는다.
그릇에 샐러드 재료를 골고루 담고 파인애플 살사를 곁들인다.

Tip

연어 대신 다른 단백질 재료로 대체하고 싶다면?
연어는 닭가슴살(또는 닭다리살) 구이, 생새우살 구이로 대체해도
좋아요. 달군 팬에 올리브유 1작은술을 두르고 닭고기나 생새우살을
올려 앞뒤로 각각 2분간 구워서 활용하면 됩니다.

브로콜리 새우 샐러드볼
+레몬 치미추리 드레싱

499 kcal

도시락 · 저탄수 · 고단백 · 고식이섬유

탄수화물 40.4%	단백질 33.3%	지방 26.3%

아삭한 브로콜리와 탱글한 새우를 올려 다양한 식감을 즐길 수 있는 샐러드입니다.
구운 새우와 브로콜리에 슈레드 피자 치즈를 올려 구워 누룽지처럼 바삭한 맛을 더했어요.
타르타르 소스와 레몬 치미추리 드레싱을 곁들여 다채로운 맛을 느낄 수 있어요.
구운 빵에 샐러드를 올려 오픈 샌드위치로 즐기면 더욱 든든하답니다.

레시피 114쪽

113

브로콜리 새우 샐러드볼

25~30분

- 곡물빵 1조각(또는 곡물 식빵)
- 샐러드 채소 30g
- 브로콜리 1/3개(또는 다른 구이용 채소, 100g)
- 냉동 생새우살 5~6마리(킹사이즈, 75g)
- 달걀 1개
- 올리브유 1작은술
- 소금 약간
- 슈레드 피자 치즈 2큰술
  (또는 그라나 파다노 치즈 간 것)
- 통후추 간 것 약간

타르타르 양념
- 다진 양파 1큰술
- 다진 할라피뇨 1큰술
- 레몬즙 1큰술
- 하프 마요네즈 1큰술
- 소금 약간
- 통후추 간 것 약간

레몬 치미추리 드레싱
- 다진 이탈리안 파슬리 1큰술(또는 다른 허브)
- 레몬즙 1큰술
- 화이트 발사믹 식초 1큰술
- 올리브유 1/2큰술
- 다진 마늘 1작은술
- 소금 1/3작은술
- 통후추 간 것 약간

1 냄비에 달걀, 잠길 만큼의 물을 넣어 센 불에서 끓어오르면 중간 불로 줄여 12분간 삶아 한김 식힌다.

2 냉동 생새우살은 찬물에 10분간 담가 해동한 후 물기를 제거하고, 등쪽에 살짝 칼집을 넣는다.

3 브로콜리는 한입 크기로 썬다.

4 삶은 달걀은 껍데기를 벗기고 볼에 담아 포크나 매셔로 으깬다.

5 ④에 타르타르 양념 재료를 넣어 골고루 섞는다.

6 달군 팬에 곡물빵을 올려 중약 불에서 앞뒤로 각각 1분 30초씩 구운 후 접시에 덜어둔다.

7 팬을 닦고 다시 달궈 올리브유를 두르고, 생새우살을 넣어 1분간 익힌다.

8 ⑦에 브로콜리를 넣고 소금을 뿌려 2분간 앞뒤로 뒤집어가며 2분간 더 익힌다.

9 ⑧에 슈레드 피자 치즈, 통후추 간 것을 뿌린 후 뚜껑을 덮고 30초간 익힌다.

10 작은 볼에 레몬 치미추리 드레싱 재료를 넣어 골고루 섞는다. 그릇에 샐러드 채소를 담고 나머지 재료를 올린 후 달걀 타르타르, 레몬 치미추리 드레싱, 구운 빵을 곁들인다.

Tip

브로콜리 대신 자투리 채소를 활용하고 싶다면?
애호박, 파프리카, 가지, 새송이버섯 등
다양한 자투리 채소를 활용해도 좋아요.

치미추리가 낯설다면?
치미추리(chimichurri)는 허브를 주재료로 한 아르헨티나의
소스이자 양념이에요. 주로 스테이크의 소스, 샐러드 드레싱,
디핑 소스로 활용해요. 이탈리안 파슬리 대신 바질이나 딜 등
다른 허브로 대체해도 좋아요.

아보카도 게맛살 샐러드볼
+ 라임 요거트 드레싱

초간단 · 도시락

453 kcal

탄수화물 57.3% · 단백질 17.7% · 지방 25%

아보카도와 게맛살이 주인공인 샐러드입니다.
거기에 아삭한 셀러리, 자몽을 더해서 상큼하게 즐길 수 있지요.
라임 제스트를 넣어 만든 라임 요거트 드레싱은 쌉싸름하면서도
상큼한 감칠맛을 내 샐러드를 더욱 조화롭게 만들어주죠.

Tip
라임 제스트가
들어가 산뜻하면서
쌉싸름한 맛이
입맛을 돋워줘요.

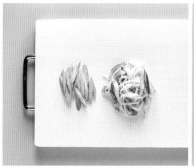

15~20분

- 통밀 또띠야 1장
- 어린잎 채소 2줌
  (또는 샐러드 채소, 40g)
- 자몽 1/2개
  (또는 오렌지, 225g)
- 아보카도 1/2개(100g)
- 셀러리 10cm (또는 오이 1/4개, 20g)
- 게맛살 짧은 것 4개
  (또는 생새우살 5마리, 80g)

라임 요거트 드레싱
- 다진 적양파 2큰술(또는 다진 양파)
- 라임즙 2큰술(또는 레몬즙 1큰술)
- 라임 제스트 약간(생략 가능)
- 그릭 요거트 2큰술
- 하프 마요네즈 1큰술
- 알룰로스 1/2큰술(또는 올리고당)
- 소금 1/3작은술
- 통후추 간 것 약간

1 셀러리는 0.5cm 두께로 어슷 썬다. 게맛살은 결대로 찢는다.

2 아보카도, 자몽은 손질하여 한입 크기로 썬다.

3 볼에 라임 요거트 드레싱 재료를 넣어 골고루 섞는다.

4 볼에 게맛살, 셀러리를 담고 라임 요거트 드레싱 1큰술을 넣어 섞는다.

5 달군 팬에 기름을 두르지 않고 통밀 또띠야를 넣어 약한 불에서 앞뒤로 각각 30초씩 구워 4~6등분한다. 그릇에 어린잎 채소를 담고 나머지 재료를 올린 후 라임 요거트 드레싱, 통밀 또띠야를 곁들인다.

Tip

아보카도 손질이 처음이라면?
아보카도는 씨에 칼이 닿도록 깊숙하게
꽂은 후 돌려가며 칼집을 내요.
아보카도를 비틀어서 두 쪽으로 나눈 후
씨에 칼날을 꽂아 고정한 후 비틀어서
제거해요. 손으로 껍질을 제거하거나
숟가락을 껍질 쪽에 깊숙이 넣어 과육만
퍼내면 돼요. * 49쪽 과정컷 참고

샐러드볼

발사믹 소시지 샐러드볼

도시락 · 고 식이섬유

405 kcal

탄수화물 49.4%   단백질 25.9%   지방 24.6%

닭가슴살 소시지와 다양한 채소를 상큼한 발사믹 소스에 구워
감칠맛을 낸 샐러드입니다. 수분이 많은 토마토를 곁들여
별도의 드레싱 없이도 촉촉하게 즐길 수 있어요. 구운 곡물빵을
곁들이면 브루스케타의 풍미를 즐길 수 있답니다.

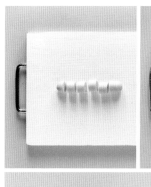 

20~25분

- 곡물빵 1장(50g)
- 샐러드 채소 50g
- 닭가슴살 소시지 1개
  (또는 시판 닭가슴살 1/2개, 50g)
- 양파 1/4개(50g)
- 미니 새송이버섯 8개
  (또는 다른 버섯, 80g)
- 가지 1/2개(또는 쥬키니 호박, 75g)
- 토마토 작은 것 1개
  (또는 방울토마토 7개, 100g)
- 올리브유 1큰술
- 소금 약간
- 통후추 간 것 약간
- 그라나 파다노 치즈 간 것 1큰술

발사믹 양념
- 발사믹 식초 2큰술
- 양조간장 1큰술
- 다진 마늘 1작은술
- 꿀 1/2작은술
  (또는 알룰로스, 올리고당 1작은술)

1 닭가슴살 소시지는 0.5cm 간격으로 칼집을 넣어 5등분한다.

2 가지는 길게 2등분해 1cm 두께로 썰고, 미니 새송이버섯은 2등분한다.
  양파는 얇게 채 썰고, 토마토는 8등분한다.

3 작은 볼에 발사믹 양념 재료를 모두 넣어 골고루 섞는다.

4 달군 팬에 곡물빵을 올리고 중약 불에서 앞뒤로 각각 1분 30초씩 구운 후
  접시에 덜어둔다.

5 팬을 닦고 다시 달군 후 올리브유를 두르고 양파를 넣어 중간 불에서 30초,
  가지, 미니 새송이버섯을 넣어 1분간 볶는다.

6 닭가슴살 소시지, 소금을 넣고 1분, 발사믹 양념을 넣어 1분간 더 볶은 후
  불을 끄고 통후추 간 것을 뿌린다. 그릇에 모든 재료를 골고루 올린 후
  그라나 파다노 치즈 간 것, 구운 곡물빵을 곁들인다.

샐러드볼

인기 간식인 소떡소떡을 샐러드로 응용했어요.
쫄깃한 떡과 감칠맛 나는 소시지를 올리고 삶은 고구마로 포만감을 더했죠.
소떡소떡의 고추장 소스 대신 크러시드 페퍼를 넣은 매콤한 깐풍 드레싱을
만들어 색다르게 즐길 수 있는 메뉴랍니다.

초간단   도시락   고
식이섬유

소떡소떡 샐러드볼

+깐풍 드레싱

436 kcal

탄수화물 58.5%   단백질 23.4%   지방 18.1%

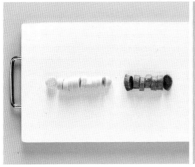

15~20분

- 현미 쑥가래떡 10cm
  (또는 떡국 떡, 50g)
- 어린잎 채소 2줌
  (또는 샐러드 채소, 40g)
- 삶은 고구마 작은 것 1개
  (또는 익힌 단호박, 100g)
- 닭가슴살 소시지 1개
  (또는 다른 소시지, 50g)
- 파프리카 1/4개(또는 토마토, 50g)
- 참기름 1/2큰술(또는 들기름)
- 소금 약간
- 다진 땅콩 1큰술(또는 다른 견과류)

깐풍 드레싱

- 식초 1큰술
- 양조간장 1큰술
- 알룰로스 2작은술(또는 올리고당)
- 크러시드 페퍼 1/2작은술
  (기호에 따라 가감, 생략 가능)
- 후춧가루 약간

1 닭가슴살 소시지, 현미 쑥가래떡은 1cm 두께의 모양대로 썬다.

2 파프리카는 0.5cm 두께로 채 썬다.
  삶은 고구마는 사방 1.5cm 크기로 썬다.

3 달군 팬에 참기름을 두르고 닭가슴살 소시지, 현미 쑥가래떡을 올린 후
  소금을 뿌린다. 중약 불에서 3분간 뒤집어가며 노릇하게 굽는다.
  * 현미 쑥가래떡은 떡국 떡으로 대체 가능하고,
  160℃로 예열된 에어프라이어에 넣어 5분간 익혀도 좋아요.

4 작은 볼에 깐풍 드레싱 재료를 넣어 골고루 섞는다.
  그릇에 어린잎 채소, 파프리카를 담고 나머지 재료를 올린 후
  깐풍 드레싱을 곁들인다.

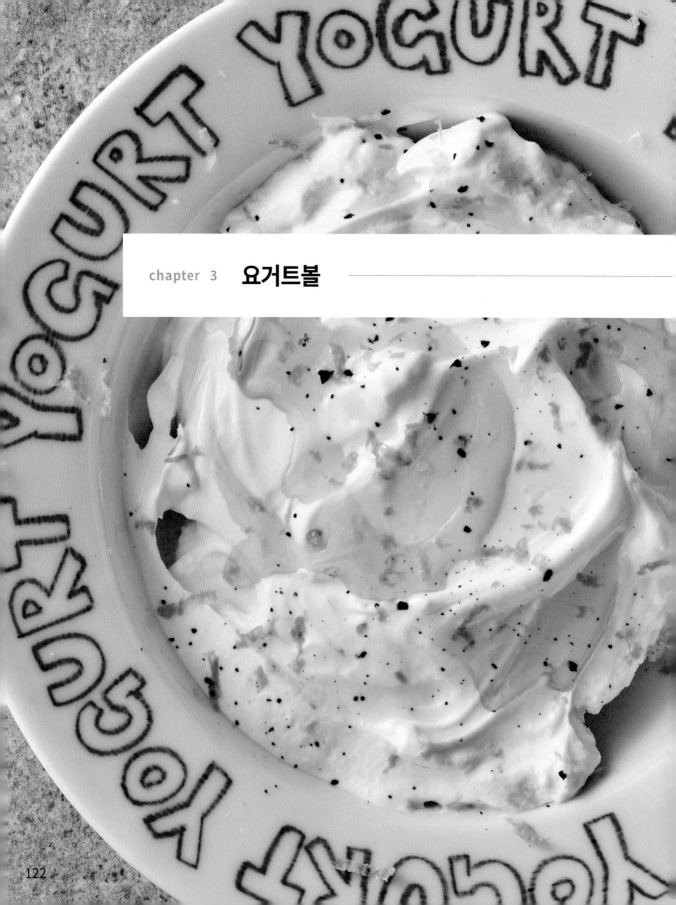

chapter 3 **요거트볼**

YOGURT

단백질 함량이 비교적 높은 그릭 요거트를 이용해 요거트볼을 만들었습니다.
지금까지는 꿀이나 과일, 그래놀라를 주로 올려 먹었다면 이젠 좀 더 다양하게, 푸짐하게 즐겨보세요.
올리브유, 통후추, 레몬즙을 넣어 섞으면 감칠맛이 살아나 갖은 채소, 달걀, 소시지 등을 올려도
잘 어울리는 한 끼가 된답니다. 또는 냉동 과일을 함께 갈아서 사용하면 과일의 새콤달콤한 맛이 더해져
좀 더 특별한 요거트볼을 만들 수 있어요.

바나나 브레드 요거트볼

초간단 · 도시락 · 비건 프렌들리 · 저자 추천

464 kcal

탄수화물 58.7%   단백질 16.3%   지방 23%

향긋한 바나나가 들어간 바나나 푸딩을 재해석해 만든 요거트볼입니다. 요거트에 으깬 바나나,
삶은 병아리콩을 넣어 골고루 섞은 후 바삭한 그래놀라를 곁들였죠. 햄프씨드와 쌉싸름한 카카오닙스,
고소한 땅콩버터를 토핑으로 올려 다양한 맛과 식감을 느껴보세요.

Tip
쌉싸름한
카카오닙스는
달콤한 바나나와
잘 어울려요.

124

10~15분

- 그릭 요거트 1통(100g)
- 바나나 1개
  (또는 딸기 5개, 블루베리 1컵 100g)
- 삶은 병아리콩 2큰술
  (또는 삶은 단호박, 삶은 고구마, 20g)
  * 만들기 31쪽
- 통곡물 그래놀라 1/2컵
  (또는 오트밀, 20g)
- 소금 약간
- 바닐라 엑스트렉 약간(생략 가능)

토핑
- 무첨가 땅콩버터 1큰술
  (또는 다진 땅콩, 다른 과일잼)
- 햄프씨드 1큰술
  (또는 다른 견과류 1큰술)
- 카카오닙스 1큰술
  (또는 다진 다크 초콜릿 1조각)

1 볼에 바나나를 넣고 포크나 매셔로 으깬다.
　* 바나나, 병아리콩 일부는 으깨지 않고 토핑으로 사용해도 좋아요.

2 ②의 볼에 토핑 재료를 제외한 나머지 재료를 넣고 가볍게 섞는다.

3 그릇에 담고 토핑 재료를 올린다.

Tip

재료를 대체해 다양하게 즐기고 싶다면?
병아리콩 대신 삶은 단호박이나
고구마로 대체해도 좋습니다.
단위(중량)가 큰 재료들이니
대체 사용시 그래놀라를 생략해도
포만감이 줄지 않아요.

단백질을 더하고 싶다면?
프로틴 파우더를 활용해도 좋아요.
프로틴 파우더 1큰술을 과정 ①에서 함께
넣어줍니다. 다양한 맛이 있지만
바닐라, 카카오, 미숫가루 맛을 추천해요.
요거트가 좀 되직해질 수 있으니
우유, 두유, 아몬드 우유 등을 추가해
농도를 조절하거나 플레인 요거트
1통(80g)으로 대체해서 사용해도 좋아요.

당근 사과 요거트볼

초간단　도시락　고 식이섬유

402 kcal

탄수화물 52.5% 　　단백질 20%　지방 27.5%

마치 당근 케이크를 먹는 듯한 맛과 향을
느낄 수 있는 메뉴예요. 당근을 듬뿍
갈아 넣고 상큼한 사과와 크림치즈,
계핏가루로 풍미를 더했어요. 고소한 맛과
식감을 살려줄 피스타치오를
곁들여 건강하게 즐겨보세요.

Tip
메이플시럽,
크림치즈가 어우러져
디저트처럼 즐겨도
좋아요.

126

10~15분

- 그릭 요거트 1통(100g)
- 사과 1/2개(또는 바나나 1개, 100g)
- 당근 1/4개(50g)
- 크림치즈 1큰술
- 메이플시럽 1큰술(또는 꿀, 알룰로스)
- 다진 호두 1큰술(또는 다른 견과류)
- 바닐라 엑스트렉 약간(생략 가능)
- 계핏가루 1/2작은술
  (생략 가능, 기호에 따라 가감)

토핑
- 다진 피스타치오 2큰술
  (또는 다른 견과류)

1 당근은 그레이터로 간다.
   ∗ 그레이터가 없다면 가늘게 채 썰어도 좋아요.

2 사과는 사방 1cm 크기로 썬다.

3 볼에 크림치즈, 메이플시럽, 다진 호두를 넣어 골고루 섞은 후
   토핑을 제외한 나머지 재료를 모두 넣어 골고루 섞는다.
   ∗ 사과 일부는 토핑으로 사용해도 좋아요.

4 그릇에 담고 다진 피스타치오를 올린다.

Tip

단백질을 더하고 싶다면?
프로틴 파우더를 활용해도 좋아요.
프로틴 파우더 1큰술을 과정 ③에서
함께 넣어줍니다. 다양한 맛이 있지만
바닐라, 카카오 맛을 추천해요.
요거트가 좀 되직해질 수 있으니,
우유, 두유, 아몬드 우유 등을 추가해
농도를 조절하거나 플레인 요거트
1통(80g)으로 대체해서 사용해도 좋아요.

단호박 검은콩 요거트볼

도시락 | 비건 프렌들리 | 고 식이섬유 | 저자 추천

398 kcal

탄수화물 56.5%　　　　　단백질 23.5%　지방 20%

단호박과 사과는 맛과 영양적으로 궁합이 좋아요. 그릭 요거트에 올려 먹으면 가볍고도 든든한 메뉴가 되죠.
담백한 검은콩 가루와 곡물 튀밥을 토핑으로 듬뿍 올려 고소한 한 끼를 즐겨보세요.

15~20분

- 그릭 요거트 1통(100g)
- 단호박 1/8개
  (또는 고구마 1/2개, 100g)
- 사과 1/2개
  (또는 딸기 5개, 블루베리 1/2컵,
  바나나 1개, 100g)
- 꿀 1/2큰술
  (또는 메이플시럽, 알룰로스)

토핑

- 검은콩 가루 1큰술
  (또는 다른 곡물 가루)
- 곡물 튀밥 1/2컵(또는 그래놀라, 10g)
- 다진 견과류 3큰술
  (아몬드, 호박씨, 해바라기씨 등)

1 단호박은 씨 부분을 제거하고 껍질째 사방 1.5cm 크기로 썬다.

2 내열 용기에 단호박을 넣고 뚜껑을 덮어 전자레인지에서 2~3분간 익혀 한김 식힌다.
  * 익히는 시간은 단호박의 종류와 크기에 따라 가감해요.

3 사과는 모양대로 0.5cm 두께로 썬다.

4 그릇에 모든 재료를 담고 토핑 재료를 올린다.

Tip

단백질을 더하고 싶다면?
프로틴 파우더를 활용해도 좋아요.
프로틴 파우더 1큰술을 과정 ④에서
함께 넣어줍니다. 다양한 맛이 있지만
바닐라, 미숫가루 맛을 추천해요.
요거트가 좀 되직해질 수 있으니,
우유, 두유, 아몬드 우유 등을 추가해
농도를 조절하거나 플레인 요거트
1통(80g)으로 대체해서 사용해도 좋아요.

그릭 요거트에 향긋한 유자청을 더해 단맛과 향을 냈어요. 거기에 말랑하게 구운 떡, 상큼한 계절 과일,
견과류를 올렸습니다. 쫄깃한 떡이 요거트와 은근히 잘 어울려요. 떡을 고를 때는 탄수화물 함량이 비교적 적고
소화, 흡수를 늦추는 현미나 통곡물로 만든 것이 좋아요.

Tip
유자청 대신 꿀,
조청, 과일잼으로
대체해도
잘 어울려요.

비건
프렌들리 · 고 식이섬유

구운 떡 과일 요거트볼

448 kcal

탄수화물 60% 단백질 17.8% 지방 22.2%

15~20분

- 그릭 요거트 1통(100g)
- 현미 쑥가래떡 10cm
  (또는 떡국 떡, 50g)
- 키위 1개(80g)
- 딸기 3개(60g)
  * 키위, 딸기는 동량의 다른 과일로
  대체 가능
- 유자청 1큰술
  (또는 꿀, 조청, 다른 과일잼)
- 참기름 1작은술(또는 들기름)
- 소금 약간

토핑
- 다진 견과류 2큰술
  (호두, 호박씨 등, 20g)
- 카카오닙스 1큰술(생략 가능)

1 키위는 껍질을 벗겨 1cm 두께의 모양대로 썰고, 딸기는 한입 크기로 썬다.
2 현미 쑥가래떡은 1cm 두께로 썬다.
3 달군 팬에 참기름을 두르고 ②를 넣은 후 소금을 뿌려
   중약 불에서 앞뒤로 1분 30초씩 겉면이 노릇하게 굽는다.
4 볼에 그릭 요거트, 유자청을 넣어 섞는다.
5 ④의 위에 과일, 현미 쑥가래떡을 담고 토핑 재료를 곁들인다.

Tip

단백질을 더하고 싶다면?
프로틴 파우더를 활용해도 좋아요.
프로틴 파우더 1큰술을 과정 ④에서
함께 넣어줍니다. 다양한 맛이 있지만
미숫가루 맛을 추천해요. 요거트가 좀
되직해질 수 있으니, 우유, 두유, 아몬드
우유 등을 추가해 농도를 조절하거나
플레인 요거트 1통(80g)으로 대체해서
사용해도 좋아요.

치아푸딩 베리 요거트볼

395 kcal

탄수화물 57.8%　　　　　　　　단백질 24.1%　지방 18.1%

초간단　고식이섬유　비건 프렌들리

냉동 과일과 그릭 요거트를 함께 갈아 좀 더 되직하고 상큼한 요거트볼을 만들어보세요.
그 위에 치아씨드를 푸딩처럼 불려 올리면 식이섬유 섭취를 늘릴 수 있답니다.
땅콩버터를 토핑으로 곁들여 함께 먹으면 영양 밸런스는 물론 고소한 맛도 즐길 수 있죠.

15~20분

- 그릭 요거트 1통(100g)
- 냉동 딸기 5개
  (또는 다른 베리류, 100g)
- 냉동 바나나 1/2개
  (또는 아보카도 1/2개, 50g)
- 냉동 블루베리 1/2컵
  (또는 사과 1/4개, 50g)

치아푸딩
- 치아씨드 1큰술
- 아몬드 우유 1/4컵
  (또는 우유, 두유, 귀리 우유, 50㎖)

토핑
- 카카오닙스 1큰술
  (또는 다진 다크 초콜릿 1조각)
- 무첨가 땅콩버터 1큰술(또는 넛버터)

1 작은 볼에 치아씨드, 아몬드 우유를 넣고 골고루 섞은 후
   5분 이상 불려 치아푸딩을 만든다.

2 믹서에 그릭 요거트, 냉동 딸기, 냉동 바나나, 냉동 블루베리를 넣어 곱게 간다.
   * 과일의 일부는 토핑으로 사용해도 좋아요.

3 볼에 ①, ②를 담고 토핑 재료를 올린다.

Tip

냉동 과일 대신 생과일을 사용하고 싶다면?
생과일은 냉동 과일에 비해 수분감이
많아서 스무디로 만들었을 때 농도가
묽을 수 있죠. 농도에 상관없이 만든다면
생과일로 해도 좋고, 떠 먹는 농도를 조금
더 되직하게 만들고 싶다면 과일을 얼려서
사용할 것을 추천해요.

냉동 과일이 잘 갈리지 않는다면?
냉동 과일에 코코넛 워터,
아몬드 우유 등을 100~150㎖ 넣고
함께 갈면 좋아요.

단백질을 더하고 싶다면?
프로틴 파우더를 활용해도 좋아요.
프로틴 파우더 1큰술을 과정 ②에서
함께 넣어줍니다. 다양한 맛이 있지만
바닐라, 카카오 맛을 추천해요.

케일 망고 요거트볼

443 kcal

탄수화물 56.5%　　　　　　　　　　단백질 20.7%　지방 22.8%

초간단　비건 프렌들리　고 식이섬유

식이섬유과 비타민이 풍부한 케일을 듬뿍 넣고 요거트와 함께 갈았어요.
거기에 망고, 바나나를 넣고 갈아 이국적인 단맛을 냈답니다.
코코넛칩, 그래놀라 등 바삭하고 고소한 토핑을 곁들이면 잘 어울려요.

10~15분

- 그릭 요거트 1통(100g)
- 쌈 케일 10장(또는 시금치 1줌, 50g)
- 냉동 바나나 1개
  (또는 딸기 5개, 블루베리 1컵, 100g)
- 냉동 망고 1/2개
  (또는 딸기 5개, 파인애플 링 1개, 100g)

토핑

- 통곡물 그래놀라 1/2컵
  (또는 시리얼, 20g)
- 햄프씨드 1큰술
- 아몬드 슬라이스 1큰술
- 코코넛칩 1큰술
  * 토핑은 견과류, 씨앗류로 대체 가능

1 쌈 케일은 한입 크기로 썬다.

2 믹서에 그릭 요거트, 냉동 바나나, 냉동 망고, 쌈 케일을 넣어 곱게 간다.

3 볼에 담고 토핑 재료를 올린다.

Tip

냉동 과일 대신 생과일을 사용하고 싶다면?
생과일은 냉동 과일에 비해 수분감이
많아서 스무디로 만들었을 때 농도가
묽을 수 있죠. 농도에 상관없이 만든다면
생과일로 해도 좋고, 떠 먹는 농도를 조금
더 되직하게 만들고 싶다면 과일을 얼려서
사용할 것을 추천해요.

냉동 과일이 잘 갈리지 않는다면?
냉동 과일에 코코넛 워터,
아몬드 우유 등을 100~150㎖ 넣고
함께 갈면 좋아요.

단백질을 더하고 싶다면?
프로틴 파우더를 활용해도 좋아요.
프로틴 파우더 1큰술을 과정 ②에서
함께 넣어줍니다. 다양한 맛이 있지만
바닐라, 카카오 맛을 추천해요.

자몽 홍차 요거트볼

초간단 **비건 프렌틀리**

362 kcal

탄수화물 54.1%　　　　　단백질 23%　　지방 23%

유명 커피 프랜차이즈의 인기 메뉴인
허니 자몽 블랙티를 응용해 요거트로 만들어봤어요.
새콤 쌉싸름한 자몽을 홍차가루, 꿀에 버무려
색다른 맛을 냈습니다. 홍차맛 자몽에 어울리는
고소한 토핑을 듬뿍 곁들여 즐겨보세요.

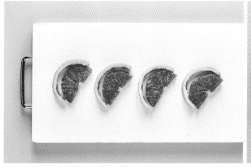

10~15분

- 그릭 요거트 1통(100g)

홍차맛 자몽

- 자몽 1/2개
  (또는 다른 시트러스 과일, 225g)
- 홍차가루 1/3작은술
  (홍차티백 1/2개분, 또는 아이스티
  파우더, 기호에 따라 가감, 생략 가능)
- 꿀 1큰술(또는 알룰로스, 유자청)

토핑

- 블루베리 1/3컵(또는 딸기 2개, 30g)
- 통곡물 그래놀라 1/2컵
  (또는 시리얼, 20g)
- 다진 견과류 3큰술
  (아몬드, 해바라기씨, 호두 등, 30g)

1 자몽은 1cm 두께로 썰어 껍질을 벗긴다.

2 ①의 자몽을 한입 크기로 썬다.

3 볼에 자몽, 홍차가루, 꿀을 넣고 골고루 섞어 홍차맛 자몽을 만든다.

4 볼에 그릭 요거트를 담고 홍차맛 자몽, 토핑 재료를 올린다.

Tip

단백질을 더하고 싶다면?
프로틴 파우더를 활용해도 좋아요.
프로틴 파우더 1큰술을 과정 ④에서
함께 넣어줍니다. 다양한 맛이 있지만
바닐라, 카카오 맛을 추천해요. 요거트가
좀 되직해질 수 있으니, 우유, 두유,
아몬드 우유 등을 추가해 농도를
조절하거나 플레인 요거트 1통(80g)으로
대체해서 사용해도 좋아요.

구운 감자 차즈키볼

고단백　고식이섬유　저자추천

524 kcal

| 탄수화물 46.3% | 단백질 31.5% | 지방 22.2% |

요거트에 오이를 섞어 만든 그리스식 차즈키를 응용해 식사로도 즐길 수 있는 요거트를 개발했어요.
구운 감자, 채소, 새우를 올려 근사하고 영양도 꽉 찬 메뉴지요. 아삭한 채소 식감과 부드러운 감자,
탱글탱글한 새우까지 식감도 다양해 먹는 재미가 있답니다.

레시피 140쪽

139

구운 감자 차즈키볼

20~25분

- 감자 작은 것 1개
  (또는 삶은 병아리콩 1컵, 150g)
- 파프리카 1/2개
  (또는 새송이버섯 1개, 100g)
- 냉동 생새우살 5마리(킹사이즈, 75g)
- 적양파 1/4개(또는 양파, 50g)
- 올리브유 1/2큰술
- 다진 마늘 1/2큰술
- 소금 약간
- 통후추 간 것 약간

차즈키 요거트

- 그릭 요거트 1통(100g)
- 오이 1/2개(100g)
- 다진 마늘 1작은술
- 레몬즙 1작은술
- 알룰로스 1작은술(또는 올리고당)
- 소금 1/4작은술
- 통후추 간 것 약간

토핑

- 다진 견과류 1큰술(10g)
- 송송 썬 영양부추 약간
  (또는 송송 썬 쪽파)
- 그라나 파다노 치즈 간 것 1큰술
- 올리브유 1작은술

1 냉동 생새우살은 찬물에 10분간 담가 해동한다.

2 해동한 생새우살은 물기를 제거하고 반으로 저민다.

3 감자는 껍질을 제거하고, 사방 1.5cm의 크기로 썬다.

4 내열 용기에 감자를 넣고 뚜껑을 덮은 후
전자레인지에 넣고 2분간 익힌다.

5 파프리카, 적양파는 1.5×1.5cm 크기로 썬다.
오이는 사방 0.5cm 크기로 썬다.

6 볼에 차즈키 요거트 재료를 넣어 골고루 섞는다.

7 달군 팬에 올리브유를 두르고 다진 마늘, 파프리카, 적양파를 넣어
중간 불에서 2분간 볶는다.

8 ⑦의 팬에 감자, 생새우살, 소금을 넣고 중강 불로 올려
겉면이 노릇해지도록 2~3분간 볶은 후 통후추 간 것을 뿌린다.

9 볼에 차즈키 요거트를 펼쳐 담고, ⑧을 올린 후
토핑 재료를 곁들인다.

고마토 요거트볼

464 kcal

탄수화물 59.8%　　　　　　　　　　단백질 17.4%　지방 22.8%

도시락　비건 프렌들리　고 식이섬유

그릭 요거트에 삶은 고구마, 병아리콩, 방울토마토를 곁들여 상큼하면서도
달콤한 요거트볼을 만들었어요. 방울토마토는 메이플시럽에 절여두면 즙이 우러나와
고구마 위에 토핑처럼 올려 함께 즐기면 좋아요.

Tip
고구마를 으깨어
방울토마토 절임과
그릭 요거트를 섞어서
먹으면 좋아요.

10~15분(+ 고구마 찌기 20분)

- 그릭 요거트 1통(100g)
- 고구마 작은 것 1개
  (또는 군고구마, 100g)
- 방울토마토 5개
  (또는 파프리카 1/4개, 75g)
- 삶은 병아리콩 2큰술
  (또는 삶은 완두콩, 20g)
* 만들기 31쪽

방울토마토 절임 양념
- 메이플시럽 1큰술(또는 알룰로스)
- 올리브유 2작은술
- 다진 이탈리안 파슬리 약간
  (또는 다진 바질, 생략 가능)
- 소금 약간

1 찜기에 물 2컵을 넣고 끓인다. 충분히 김이 오르면 고구마를 올려 20분간 찐다.
   * 고구마 익히는 시간은 크기에 따라 가감해요.

2 방울토마토는 사방 1cm 크기로 썬다.

3 볼에 방울토마토, 절임 양념 재료를 넣어 골고루 섞는다.

4 찐 고구마는 길게 2등분한다.
   볼에 그릭 요거트를 담고, 고구마, 방울토마토 절임, 삶은 병아리콩을 올린다.
   * 고구마는 한입 크기로 썰어도 좋아요.

Tip

단백질을 더하고 싶다면?
프로틴 파우더를 활용해도 좋아요.
프로틴 파우더 1큰술을 과정 ④에서
그릭 요거트에 미리 섞어둡니다.
다양한 맛이 있지만 바닐라, 카카오,
미숫가루 맛을 추천해요. 요거트가 좀
되직해질 수 있으니, 우유, 두유, 아몬드
우유 등을 추가해 농도를 조절하거나
플레인 요거트 1통(80g)으로 대체해서
사용해도 좋아요

병아리콩 시금치 요거트볼

449 kcal

고
식이섬유

| 탄수화물 47.8% | 단백질 29.3% | 지방 22.8% |

인도에서도 요거트를 즐겨 먹죠. 그래서 카레와 요거트의 궁합은
이국적이면서도 꽤 잘 어울린답니다. 병아리콩, 시금치를
카레 양념에 볶아 요거트 위에 올리고 수란을 더해
건강하고 근사한 한 끼를 즐겨보세요.

15~20분

- 그릭 요거트 1통(100g)
- 삶은 병아리콩 1/2컵
  (또는 구운 두부 작은팩 1/2모, 90g)
  * 만들기 31쪽
- 시금치 1줌
  (또는 쌈 케일 10장, 양배추 2장, 50g)
- 달걀 1개
- 양파 1/4개(50g)
- 올리브유 1/2큰술
- 소금 약간
- 통후추 간 것 약간

양념
- 카레가루 1/2큰술
- 맛술 1큰술
- 양조간장 1큰술

요거트 밑간
- 올리브유 1/2큰술
- 다진 마늘 1작은술
- 레몬즙 1작은술
- 알룰로스 1작은술(또는 올리고당)
- 소금 1/4작은술
- 통후추 간 것 약간

1 볼에 달걀을 깨뜨려둔다. 냄비에 물 3컵 + 식초 1큰술 + 소금 1작은술을 넣고
중간 불에서 끓인다. 가장자리가 끓어오르면 약한 불로 줄이고
달걀을 조심스럽게 넣어 2분간 그대로 두어 반숙으로 익힌 후 체에 밭친다.

2 시금치는 2~3등분한다. 양파는 0.5cm 두께로 채 썬다.

3 작은 볼에 양념 재료를 넣어 골고루 섞는다.

4 볼에 그릭 요거트, 요거트 밑간 재료를 넣어 골고루 섞는다.

5 달군 팬에 올리브유를 두르고 양파를 넣어 중간 불에서 1분,
삶은 병아리콩, 소금을 넣어 1분간 더 볶는다.

6 ③의 양념을 붓고 1분간 더 볶은 후 불을 끄고 시금치를 넣어 가볍게 섞은 후
통후추 간 것을 뿌린다. ④의 볼에 병아리콩 시금치볶음을 올리고 수란을 곁들인다.

Tip

병아리콩 대신 두부로 대체하고 싶다면?
삶은 병아리콩 대신 구운 두부를
곁들여 함께 먹어도 좋아요.
물기를 제거한 두부는 사방 1.5cm
크기로 썰어요. 과정 ⑤에서 병아리콩
대신 넣고 굽는 시간을 2~3분으로 늘려
사방을 노릇하게 굽습니다.
나머지 과정은 동일하게 진행합니다.

수란 만들기가 어렵다면?
반숙으로 익힌 달걀 프라이나
삶은 달걀을 곁들여도 좋아요.

요거트에 반숙 달걀을 곁들인 터키쉬 에그에서 모티브를 얻어
만든 메뉴예요. 매콤하게 구운 방울토마토, 반숙 달걀과
토핑으로 올린 바질 페스토를 함께 비벼 먹으면 됩니다. 구운 빵을
곁들이면 포만감은 물론 좀 더 다채롭게 즐길 수 있어요.

토마토 바질 달걀 요거트볼

고
식이섬유　저자
추천

518 kcal

탄수화물 46.7%　　　　단백질 29.5%　　　지방 23.8%

 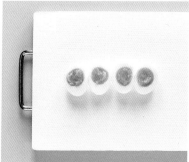

15~20분

- 그릭 요거트 1통(100g)
- 곡물빵 1장(50g)
- 달걀 2개
- 방울토마토 10개
  (또는 파프리카 작은 것 1개, 150g)
- 올리브유 1/2큰술
- 다진 마늘 1/2큰술
- 크러시드 페퍼 1/2작은술
  (생략 가능, 기호에 따라 가감)
- 소금 약간
- 통후추 간 것 약간

요거트 밑간

- 다진 마늘 1작은술
- 레몬즙 1작은술
- 알룰로스 1작은술(또는 올리고당)
- 소금 1/4작은술
- 통후추 간 것 약간

토핑

- 바질 페스토 1큰술(기호에 따라 가감)

1 냄비에 달걀, 잠길 만큼의 물을 붓고 센 불에서 끓어오르면 5분간 삶아
   찬물에 담가 한김 식힌다. ＊ 기호에 따라 12분간 삶아 완숙으로 만들어도 좋아요.

2 삶은 달걀은 껍데기를 벗겨 2등분한다.

3 그릇에 그릭 요거트, 요거트 밑간 재료를 넣어 골고루 섞은 후 넓게 펼친다.

4 달군 팬에 곡물빵을 올리고 중약 불에서 앞뒤로 각각 1분 30초씩 구운 후
   한김 식힌다.

5 팬을 다시 달궈 올리브유를 두르고 다진 마늘을 넣어 중약 불에서 1분,
   방울토마토, 크러시드 페퍼를 넣고 센 불로 올려
   방울토마토를 살짝 으깨어가며 1분간 볶은 후 소금, 통후추 간 것을 뿌린다.

6 ③의 볼에 ⑤, 삶은 달걀을 담고 바질 페스토와 곡물빵을 곁들인다.

Tip

바질 페스토를 직접 만들고 싶다면?
바질 페스토를 직접 만들어 신선하게
즐겨보세요. 다진 바질 잎 10g,
다진 호두 1큰술, 올리브유 2큰술,
그라나 파다노 치즈 간 것 1큰술,
소금 약간, 통후추 간 것 약간을
골고루 섞어요. 1~2번 먹을 분량이니
기호에 따라 넉넉히 만들어 보관해도
좋아요. 분량을 늘려서 만들 때는
푸드 프로세서에 갈면 쉽게 만들 수
있어요.

양배추 소시지 요거트볼

고단백 저탄수 저자 추천

495 kcal

| 탄수화물 40% | 단백질 33% | 지방 27% |

그릭 요거트에 닭가슴살 소시지와 단호박을 올려 색다르지만 든든하게 즐길 수 있는 메뉴입니다. 상큼한 요거트와 소시지가 꽤 잘 어울려요. 소시지와 궁합이 좋은 새콤한 양배추 라페와 매콤한 할라피뇨를 곁들여 고메 요거트볼을 만들어보세요.

15~20분

- 그릭 요거트 1통(100g)
- 닭가슴살 소시지 2개
  (또는 시판 닭가슴살 1개, 100g)
- 단호박 1/8개(또는 감자 1/2개, 100g)
- 올리브유 1/2큰술
- 소금 약간
- 통후추 간 것 약간

요거트 밑간

- 다진 마늘 1작은술
- 레몬즙 1작은술
- 알룰로스 1작은술(또는 올리고당)
- 소금 1/4작은술
- 통후추 간 것 약간

토핑

- 양배추 라페 약 2/3컵
  (또는 당근 라페, 60g)
  * 만들기 31쪽
- 할라피뇨 2큰술
  (또는 오이 피클, 생략 가능, 20g)
- 홀그레인 머스터드 1작은술(생략 가능)

1 단호박은 씨 부분을 제거하고 껍질째 1cm 두께의 모양대로 썬다.

2 닭가슴살 소시지는 0.5cm 간격으로 사선으로 칼집을 넣는다.
   * 소시지는 한입 크기로 썰어도 좋아요.

3 볼에 그릭 요거트, 요거트 밑간 재료를 넣어 골고루 섞는다.

4 달군 팬에 올리브유를 두르고 단호박, 소시지를 올린 후 소금을 뿌린다.
   중간 불에서 겉면이 노릇해지도록 앞뒤로 뒤집어가며 3~4분간 구운 후
   통후추 간 것을 뿌린다.

5 ③의 볼에 ④의 구운 단호박, 닭가슴살 소시지를 올린 후 토핑을 곁들인다.

Tip

소시지 대신 닭가슴살로 대체하려면?
시판 닭가슴살을 사용해도 좋아요.
전자레인지로 데우거나 팬에 구운 후
한입 크기로 썰어 곁들여요.
단호박은 구운 감자로 대체 가능합니다.

chapter 4 **수프볼**

SOUP

흔히 만들어 먹던 국물이 많은 수프에 비해 건더기를 넉넉하게 넣어 밀도를 높이고 포만감을 더한
건강볼입니다. 병아리콩, 파스타면, 오트밀 등 탄수화물 급원은 물론 달걀, 두부, 닭고기 등
단백질류도 듬뿍 넣었지요. 친근하게 먹을 수 있는 한식 스타일의 수프부터 우유나 두유를 넣어
크리미하게 만든 것까지 다양한 메뉴들로 구성했습니다. 따뜻한 한그릇으로 체내 온도도 높이고
영양 밸런스도 업그레이드해 보세요. 수프볼은 넉넉하게 만들어 저장해도 좋아요. 한 번 먹을 분량씩
소분하여 냉동 후 먹기 전 자연해동하여 다시 끓이면 됩니다.

브로콜리 감자 수프볼

469 kcal

고
식이섬유

탄수화물 48.9%　　　　단백질 25%　　　지방 26.1%

감자와 브로콜리를 넣어 든든하게 만든 크림 수프입니다.
재료를 굵게 다져 씹는 재미를 더했죠.
치즈와 다진 호두를 올려 건강한 지방도 채웠어요.

20~25분

- 감자 작은 것 1/2개
  (또는 단호박, 고구마, 100g)
- 브로콜리 1/3송이(또는 당근, 100g)
- 양파 1/4개(50g)
- 다진 대파 2큰술(또는 다진 마늘)
- 무염 버터 1큰술(또는 올리브유, 10g)
- 우유 1과 1/2컵
  (또는 두유, 아몬드 우유,
  귀리 우유, 300㎖)
- 소금 1/3작은술
- 슬라이스 치즈 1장
  (또는 슈레드 피자 치즈 2큰술)
- 통후추 간 것 약간
- 다진 호두 1큰술
  (또는 햄프씨드, 다른 견과류)

1   감자는 껍질을 벗겨 사방 2cm 크기로 썬다. 내열 용기에 넣고
    뚜껑을 덮어 전자레인지에서 3분간 익힌 후 포크나 매셔로 으깬다.

2   ①에 우유를 부어 골고루 섞는다.

3   브로콜리, 양파는 굵게 다진다.

4   달군 냄비에 버터, 양파, 다진 대파를 넣고 중간 불에서 2분간 볶는다.
    브로콜리, 소금을 넣고 2분간 더 볶는다.

5   ④에 ②의 감자, 우유를 넣어 골고루 섞는다.

6   가장자리가 끓어오르면 약한 불로 줄여 2분, 슬라이스 치즈를 넣어
    1분간 더 익히며 치즈를 녹인다. 볼에 담고 통후추 간 것, 다진 호두를 올린다.

Tip

단백질을 더 섭취하고 싶다면?
우유 대신 동량의 두유를 사용하여
단백질 함량을 높여도 좋아요.
또한 식감과 포만감을 위해 삶은
병아리콩 20g을 추가해도 좋습니다.

일본 삿포로에서 즐겨 먹는 수프 카레를 응용해 건강한 수프를 만들었습니다.
묽은 농도의 카레 국물에 다양한 구운 채소를 올려 든든하게 즐길 수 있지요.
양파를 충분히 볶아 단맛과 감칠맛을 내는 것이 포인트랍니다.

고
식이섬유

저자
추천

구운 채소 카레 수프볼

503 kcal

탄수화물 57.1%   단백질 17.3%   지방 25.5%

20~25분

- 삶은 병아리콩 1/3컵(또는 현미밥, 60g)
  * 만들기 31쪽
- 구이용 채소 200g
  (방울토마토, 브로콜리니, 양파,
  꽈리고추, 단호박, 파프리카 등)
- 양파 1/2개(100g)
- 달걀 1개
- 무염 버터 1큰술(또는 올리브유)
- 카레가루 3큰술
- 물 1과 1/2컵(300㎖)
- 올리브유 1/2큰술
- 소금 약간
- 통후추 간 것 약간

1 냄비에 달걀, 잠길 만큼의 물을 붓고 센 불에서 끓어오르면 5분간 삶아
   찬물에 담가 한김 식힌다. * 기호에 따라 12분간 삶아 완숙으로 만들어도 좋아요.

2 삶은 달걀은 껍데기를 벗긴 후 2등분한다.

3 양파는 가늘게 채 썬다. 구이용 채소는 한입 크기로 큼지막하게 썬다.

4 달군 냄비에 버터, 양파를 넣어 중약 불에서 3분간
   양파가 투명한 갈색이 되도록 볶는다.

5 ④에 삶은 병아리콩을 넣어 1분, 물, 카레가루를 넣어
   중간 불에서 저어가며 2분간 끓인 후 불을 끈다.

6 달군 팬에 올리브유를 두르고 구이용 채소를 올린다.
   소금을 뿌리고 중강 불에서 겉면이 노릇해지도록 2~3분간 구운 후 통후추 간 것을 뿌린다.
   그릇에 ⑤를 담고 구운 채소, 삶은 달걀을 올린다.
   * 채소의 종류에 따라 굽는 시간을 가감해요.

Tip

재료를 대체해 다양하게 응용하고 싶다면?
구이용 채소는 집에 있는 자투리 채소를
자유롭게 활용하세요. 채소만 바꿔도
맛을 다양하게 즐길 수 있어요. 또는
삶은 달걀 대신 구운 소시지 1개(50g)를
곁들여도 좋습니다. 병아리콩 대신
두부면, 곤약면을 사용하면 카레 우동처럼
즐길 수 있지요.

구운 버섯 오트밀 수프볼

487 kcal

고단백　저탄수　고 식이섬유

| 탄수화물 41.2% | 단백질 34% | 지방 24.7% |

두유를 넣어 끓인 오트밀에 치즈로 농도를 더했고, 쫄깃하게 볶은 버섯을 올려 식감은 물론 풍미를 더했습니다.
반숙으로 익힌 달걀을 올려 노른자를 터뜨려 함께 먹으면 더욱 크리미한 맛을 즐길 수 있어요.

15~20분

- 오트밀 약 1/3컵
  (또는 통밀 숏파스타, 30g)
- 무가당 두유 1컵
  (또는 우유, 200㎖)
- 슬라이스 치즈 1장
- 그라나 파다노 치즈 간 것 1큰술

구운 버섯 토핑
- 해송이버섯 1줌(50g)
- 양송이버섯 5개(100g)
  * 해송이버섯, 양송이버섯 대신
  동량의 다른 버섯으로 대체 가능
- 양파 1/4개(50g)
- 달걀 1개
- 올리브유 1작은술
- 소금 1/4작은술
- 통후추 간 것 약간

1   버섯은 밑동을 제거하고 가닥가닥 뜯거나 0.5cm 두께로 썬다.
    양파는 얇게 채 썬다.

2   달군 팬에 올리브유를 두르고 양파를 넣어 중약 불에서 2분간 볶는다.
    버섯, 소금을 넣고 중간 불로 올려 2~3분간 버섯이 노릇하게 익도록 볶는다.

3   버섯이 익으면 동그랗게 모은 후 가운데 홈을 만들어 달걀을 넣고
    중약 불에서 반숙으로 익힌 후 통후추 간 것을 뿌린다.

4   냄비에 오트밀, 두유를 넣고 끓어오르면 1분간 끓인다.

5   ④에 슬라이스 치즈를 넣어 1분간 골고루 저어가며 끓인다.
    그릇에 담고 ③의 구운 버섯 토핑을 올린 후 그라나 파다노 치즈 간 것을 뿌린다.
    * 전자레인지를 이용하면 좀 더 간단하게 만들 수 있어요.
    내열 용기에 재료를 넣고 뚜껑을 덮어 2분간 익힌 후 골고루 저어주세요.

Tip

재료를 대체해 다양하게 즐기고 싶다면?
버섯 대신 구이용 채소로 대체해도
좋아요. 동량의 구이용 채소(파프리카,
호박, 가지 등)을 구워 곁들여보세요.

오트밀 된장 수프볼

428 kcal

| 탄수화물 47.1% | 단백질 25.9% | 지방 27.1% |

따뜻한 배추 된장국을 생각하며 만든 메뉴예요.
한그릇만으로도 몸과 마음이 따뜻해지는 맛이지요.
육수를 따로 내지 않고 알배기배추와 미소 된장을 함께 볶아
맛의 깊이를 더했습니다. 담백하고 자극적이지 않아
아침 식사로, 또는 아플 때 먹기 좋아요.

20~25분

- 오트밀 약 1/3컵
  (또는 현미 누룽지, 현미밥, 30g)
- 두부 작은 팩 1/2모(부침용, 150g)
- 알배기배추 3장(또는 양배추, 90g)
- 자투리 채소 100g
  (양파, 쥬키니 호박, 팽이버섯 등)
- 참기름 1/2큰술
- 다진 마늘 1큰술
- 미소 된장 1큰술(또는 된장 2작은술)
- 참치액 1큰술(또는 국간장)
- 물 2컵(400㎖)
- 송송 썬 쪽파 1줄기분(또는 대파)
- 통깨 간 것 2큰술(기호에 따라 가감)

1 알배기배추는 0.5cm 두께로 채 썰고, 자투리 채소는 굵게 다진다.

2 달군 냄비에 참기름을 두르고 다진 마늘을 넣어 중약 불에서 1분,
   자투리 채소를 넣고 2분간 볶는다.

3 ②에 미소 된장을 넣어 중약 불에서 1분간 더 볶는다.

4 ③에 알배기배추를 넣어 2분간 저어가며 볶는다.

5 두부를 넣어 주걱으로 으깨어가며 2분간 더 볶는다.

6 오트밀, 물을 넣어 중간 불에서 끓어오르면 참치액을 넣고 3분간 저어가며 끓인다.
   그릇에 담고 송송 썬 쪽파와 통깨 간 것을 올린다.

감태 달걀 수프볼

고 식이섬유　저자 추천

538 kcal

탄수화물 54.4%　　　　　단백질 19.4%　지방 26.2%

항산화 효과가 있다고 알려진 감태를 이용해 만든 수프입니다.
육수에 표고버섯, 달걀, 떡국 떡 등을 넣고 끓여 떡국처럼 친근하게 즐길 수 있어요.
감태는 마지막에 넣어야 향을 잘 느낄 수 있답니다.

레시피 162쪽

감태 달걀 수프볼

15~20분

- 현미 가래떡 10cm
  (또는 떡국 떡, 떡볶이 떡, 50g)
- 달걀 2개
- 양파 1/4개(50g)
- 표고버섯 2개(또는 다른 버섯, 애호박, 50g)
- 대파 10cm
- 물 2와 1/2컵(500㎖)
- 코인 육수 1개
- 참치액 1작은술(또는 국간장)
- 조미 감태 1봉(또는 조미김 1봉, 4g)
- 참기름 1/2큰술(기호에 따라 가감)
- 후춧가루 약간

1   현미 가래떡은 0.5cm 두께로 모양대로 썬다.

2   표고버섯은 기둥을 제거하고 2등분한 후 0.5cm 두께로 썬다.
    양파는 0.5cm 두께로 채 썰고, 대파는 송송 썬다.

3   볼에 달걀을 넣고 푼다.

4   냄비에 물, 코인 육수를 넣고 중간 불에서 끓여 육수가 녹고
    가장자리가 끓어오르면 양파, 표고버섯을 넣어 3분간 끓인다.
    * 중간중간 떠오르는 거품은 걷어내요.

5   ④에 현미 가래떡, 참치액을 넣는다.

6   현미 가래떡이 익어서 떠오르면 약한 불로 줄이고 달걀을 둘러
    붓는다.

7   대파를 넣고 1분간 끓인다.

8   조미 감태를 손으로 찢어 넣는다.
    참기름, 후춧가루를 넣고 불을 끈다.

Tip

코인 육수 대신 직접 밑국물을 만들고 싶다면?
냄비에 멸치 10마리, 다시마 5×5cm 2장, 물 3컵(600㎖)을 넣고 센
불에서 끓어오르면 중약 불로 줄여 5분간 끓여요. 불을 끄고
5분간 둔 후 체에 밭쳐 국물과 건더기를 분리한 후 사용해요.
* 완성된 국물의 양은 2와 1/2컵이고 부족한 양은 물을 더하세요.

일반 감태를 사용하고 싶다면?
구운 감태는 소금으로 간이 되어 있어요. 일반 마른 감태를
사용하려면 감태를 넣고 맛을 본 후 참치액이나 소금으로
부족한 간을 더해요.

레시피 166쪽

토마토소스 리조또를 쌀 대신 누룽지로 대신해 개발한 메뉴입니다. 조리 시간도 짧고
간단해 쉽게 따라 할 수 있어요. 토마토를 볶아 감칠맛을 냈고 닭가슴살로
포만감을 더했지요. 반숙으로 익힌 달걀 노른자를 터뜨려 함께 즐겨보세요.

Tip
송송 썬 영양부추나
쪽파를 토핑으로
곁들이면 알싸한 맛이
더해져 개운하게
즐길 수 있어요.

저자
추천

토마토 누룽지 수프볼

517 kcal

탄수화물 50%   단백질 29.2%   지방 20.8%

토마토 누룽지 수프볼

20~25분

- 현미 누룽지 40g(또는 통밀 숏파스타)
- 완숙 토마토 작은 것 2개(또는 방울토마토, 200g)
- 시판 닭가슴살 1/2개(또는 닭가슴살 1/2개, 50g)
- 자투리 채소 100g(양파, 당근 등)
- 달걀 2개
- 올리브유 1/2큰술
- 다진 마늘 1큰술
- 소금 1/2작은술 + 1/2작은술
- 물 1과 1/2컵(300㎖)
- 송송 썬 영양부추 약간(또는 부추, 쪽파, 생략 가능)
- 통후추 간 것 약간

1 토마토는 꼭지를 제거하고 사방 2cm 크기로 썬다.

2 자투리 채소는 사방 0.5cm 크기로 썬다.

3 닭가슴살은 결대로 찢는다.

4 달군 냄비에 올리브유를 두르고 다진 마늘, 자투리 채소를 넣어 중간 불에서 3~5분간 볶는다.

5 토마토, 닭가슴살, 소금 1/2작은술을 넣고 3분간 익힌다.

6 토마토의 형체가 으스러지고, 국물이 생기면 현미 누룽지를 넣고 2분간 뜸들이며 끓인다.

7 물, 소금 1/2작은술을 넣고 3분간 더 끓인다.

8 달걀을 깨뜨려 넣고, 뚜껑을 덮어 1분간 반숙으로 익힌 후 그릇에 담고 송송 썬 영양부추, 통후추 간 것을 뿌린다.

Tip

누룽지 대신 파스타를 넣어 즐기려면?
현미 누룽지는 동량을 통밀 숏파스타로 대체 가능합니다.
파스타 포장지에 적힌 시간에서 2분 정도 짧게 삶은 후
과정 ⑥의 누룽지 대신 넣어 같은 방법으로 완성하세요.

닭가슴살을 직접 삶아서 사용하고 싶다면?
냄비에 닭가슴살, 잠길 만큼의 물, 청주 1작은술을 넣어요.
물이 끓어오르면 중간 불에서 12분간 삶은 후 한김 식혀
결대로 잘게 찢어 사용하면 됩니다.

167

Tip
집에 있는 자투리
채소로 대체해
다양하게 응용해도
좋아요.

매콤 치킨 누들 수프볼

431 kcal

탄수화물 47.2% | 단백질 32.6% | 지방 20.2%

치킨 누들 수프는 많은 미국인들의 소울푸드죠. 닭다리살을 이용해 좀 더 쉽게 즐길 수 있도록
만들었습니다. 거기에 크러시드 페퍼를 더해 매콤한 맛을 냈죠. 맛과 영양 밸런스를 맞춘 채소와 닭다리살을
푹 끓여 통밀 파스타을 더하면 포만감을 채운 따끈한 수프가 완성됩니다.

레시피 170쪽

169

매콤 치킨 누들 수프볼

20~25분

- 통밀 푸실리 1/2컵(또는 다른 파스타, 30g)
- 닭다리살 1쪽(또는 닭가슴살, 100g)
- 양배추 3장(손바닥 크기, 90g)
- 양파 1/4개(50g)
- 당근 1/5개(40g)
- 셀러리 10cm(생략 가능, 20g)
  ★ 양배추, 양파, 당근, 셀러리는 동량의
  다른 채소로 대체 가능
- 올리브유 1작은술
- 소금 1/3작은술
- 크러시드 페퍼 1/2작은술
  (기호에 따라 가감, 생략 가능)
- 물 2컵(400ml)
- 통후추 간 것 약간
- 그라나 파다노 치즈 간 것 1큰술
  (또는 슈레드 피자 치즈 2큰술)

닭다리살 밑간
- 다진 마늘 1큰술
- 맛술 1큰술
- 참치액 1큰술(또는 양조간장)
- 통후추 간 것 약간

1 닭다리살은 사방 1cm 크기로 굵게 다져 볼에 담고
  닭다리살 밑간 재료를 넣어 버무린다.

2 양배추, 양파, 셀러리는 송송 썰고, 당근은 굵게 다진다.

3 냄비에 통밀 푸실리 삶을 물 5컵 + 소금 1작은술을 넣고
  끓어오르면 통밀 푸실리를 넣어 포장지에 적힌 시간보다
  2분 짧게 삶은 후 체에 밭쳐 물기를 뺀다.

4 달군 냄비에 올리브유를 두르고 양파를 넣어
  중간 불에서 1분간 볶는다.

5 ①의 닭다리살을 넣어 겉면이 노르스름해지도록 2분간 볶는다.

6 양배추, 당근, 셀러리, 소금, 크러시드 페퍼를 넣어
  2분간 더 볶는다.

7 물을 넣어 3분간 끓인다.
  ★ 중간중간 떠오르는 거품은 걷어내요.

8 ⑦에 삶은 통밀 푸실리를 넣고 3분간 익힌 후 통후추 간 것을
  뿌린다. 그릇에 담고 그라나 파다노 치즈 간 것을 올린다.

Tip

재료를 대체해 다양하게 즐기려면?
수프에 들어가는 채소들은 호박, 버섯 등의 다양한 채소로
대체해서 새롭게 즐겨도 좋습니다.

쇠고기를 더한
마녀 수프볼

고단백 · 고식이섬유

473 kcal

| 탄수화물 50.5% | 단백질 30.3% | 지방 19.2% |

항염효과가 좋은 토마토, 브로콜리, 양파, 당근 등을
넣어 푹 끓인 수프입니다. 색감과 모양이 꼭
동화 속 마녀가 끓인 수프 같아서 붙여진 이름이죠.
염도가 높은 조미료 대신 카레가루와 크러시드 페퍼를
넣어 감칠맛과 풍미를 살렸어요. 맛도, 건강도, 영양도
좋은 만능 수프입니다.

Tip
좀 더 가볍게 즐기고
싶다면 쇠고기를
생략하고 채소로만
만들어서 즐겨도
좋아요.

20~25분

- 토마토 1개
  (또는 방울토마토 10개, 150g)
- 쇠고기 샤부샤부용
  (또는 쇠고기 불고기용, 쇠고기 안심,
  닭가슴살, 100g)
- 삶은 병아리콩 1/3컵
  (또는 감자 1/3개, 고구마 1/3개, 60g)
  * 만들기 31쪽
- 브로콜리 1/6개(50g)
- 양파 1/8개(25g)
- 당근 1/8개(25g)
  * 브로콜리, 양파, 당근은
  동량의 다른 채소로 대체 가능
- 올리브유 1/2큰술
- 소금 1/2작은술
- 크러시드 페퍼 1/2작은술
  (기호에 따라 가감, 생략 가능)
- 카레가루 1/2큰술
- 물 1과 1/2컵(300㎖)
- 통후추 간 것 약간

쇠고기 밑간
- 맛술 1큰술
- 양조간장 1큰술
- 다진 마늘 1큰술
- 다진 대파 1큰술

1 브로콜리, 양파, 당근, 토마토는 굵게 다진다.

2 쇠고기는 키친타월로 꾹꾹 눌러 핏물을 제거한 후 굵게 다져 볼에 담고
  쇠고기 밑간 재료를 넣어 버무린다.

3 달군 냄비에 올리브유를 두르고 쇠고기를 넣어 중간 불에서 2분간 볶는다.

4 브로콜리, 양파, 당근, 토마토, 삶은 병아리콩을 넣어 중간 불에서 2분간 더 볶는다.

5 ④에 소금, 크러시드 페퍼, 카레가루를 넣고 1분간 볶는다.

6 ⑤에 물을 넣고 중간 불에서 3분간 끓인 후 통후추 간 것을 뿌린다.

Tip

치즈를 곁들여 풍미를 더하고 싶다면?
마지막 과정에서 슈레드 피자 치즈
1/2컵이나 그라나 파다노 치즈 간 것
2큰술을 넣어도 좋습니다.
치즈 덕에 고소한 풍미가 살아나고
지방 섭취를 늘릴 수 있어요.

연두부 미역 수프볼

549 kcal

| 고단백 | 저탄수 | 고 식이섬유 |

| 탄수화물 40.6% | 단백질 34% | 지방 25.5% |

아침에 따뜻하게 즐기기 좋은 수프입니다. 미역국과 비슷한 풍미에 오트밀과 연두부를 넣어
호로록 먹기 좋은 식감이죠. 쇠고기와 자투리 채소도 듬뿍 넣어 든든하고 다양한 식감도 즐길 수 있답니다.

20~25분

- 오트밀 약 1/3컵
  (또는 현미 누룽지, 30g)
- 쇠고기 샤부샤부용
  (또는 쇠고기 불고기용, 쇠고기 안심,
  닭가슴살, 100g)
- 말린 미역 5g
- 자투리 채소 100g
  (양파, 당근, 표고버섯 등)
- 연두부 작은 것 1팩(또는 순두부, 90g)
- 들기름 1큰술(또는 참기름)
- 참치액 1큰술(또는 국간장)
- 물 1과 1/2컵(300㎖)
- 소금 약간
- 후춧가루 약간

쇠고기 밑간
- 맛술 1큰술
- 소금 약간
- 후춧가루 약간

1 볼에 말린 미역, 잠길 만큼의 찬물을 넣어 5분 이상 불린 후
  물기를 꼭 짜고 2~3등분한다.

2 쇠고기는 키친타월로 꾹꾹 눌러 핏물을 제거하고 1cm 폭으로 썰어
  쇠고기 밑간 재료와 버무린다.

3 자투리 채소는 사방 0.5cm 크기로 썬다.

4 달군 냄비에 들기름을 두르고 쇠고기를 넣어 중간 불에서 1분,
  미역, 자투리 채소, 참치액을 넣어 3분간 볶는다.
  * 채소를 볶을 때 참치액을 넣으면 참치액의 맛과 향이 채소에 배어
  감칠맛을 높일 수 있어요.

5 ④에 오트밀, 물을 넣고 중간 불에서 끓어오르면 2분간 끓인다.

6 소금, 연두부를 넣고 굵게 으깬 후 1분간 더 끓인 후 불을 끄고 후춧가루를 뿌린다.

재료별

쇠고기

버거 샐러드볼 ···································· 104
쇠고기를 더한 마녀 수프볼 ················· 172
연두부 미역 수프볼 ···························· 174
와사비 스테이크 포케볼 ······················ 64
참나물 우삼겹 포케볼 ························· 62
파프리카 불고기 샐러드볼 ·················· 106

돼지고기

제육 포케볼 ····································· 60
월남쌈 샐러드볼 ······························· 102

닭고기

데리야키 치킨 포케볼 ························· 50
매콤 치킨 누들 수프볼 ······················ 168
바질 치킨 버섯 포케볼 ······················· 56
불닭 포케볼 ····································· 52
오이탕탕이 치킨 샐러드볼 ·················· 100
치킨 퀴노아 케일 샐러드볼 ·················· 95

훈제오리

훈제오리 부추 포케볼 ························· 58

해산물

구운 두부와 새우 포케볼 ····················· 42
구운 연어 파인애플 살사 샐러드볼 ········· 108
동남아풍 오징어 포케볼 ······················ 74
들기름 명란 포케볼 ··························· 75
갈릭 새우 포케볼 ······························ 72
매콤 연어 포케볼 ······························ 70
브로콜리 새우 샐러드볼 ······················ 112
참치 포케볼 ····································· 66

달걀

감태 달걀 수프볼 ······························ 160
구운 채소 카레 수프볼 ······················· 154
달걀 토핑 시저 샐러드볼 ····················· 88
매콤 스크램블 토마토 살사 샐러드볼 ······· 94
아보카도 달걀장 포케볼 ······················ 48
유부와 참치 포케볼 ··························· 44
절인 배추 달걀 샐러드볼 ····················· 86

토마토 누룽지 수프볼 ························· 164
토마토 바질 달걀 요거트볼 ·················· 146
프렌치 토스트 샐러드볼 ······················ 90

두부

구운 두부와 새우 포케볼 ····················· 42
구운 채소와 두부면 포케볼 ·················· 38
두부 소보로 포케볼 ··························· 40
양배추 사과 샐러드볼 ························· 84

소시지, 베이컨

발사믹 소시지 샐러드볼 ······················ 118
소떡소떡 샐러드볼 ···························· 120
양배추 소시지 요거트볼 ······················ 148

통조림 참치, 게맛살

아보카도 게맛살 샐러드볼 ··················· 116
와사비 참치 포케볼 ··························· 80

단호박, 고구마, 감자

고마토 요거트볼 ······························· 142
구운 감자 차즈키볼 ··························· 138
단호박 검은콩 요거트볼 ······················ 128
브로콜리 감자 수프볼 ························· 152

아보카도

매콤 스크램블 토마토 살사 샐러드볼 ······· 94
아보카도 게맛살 샐러드볼 ··················· 116
아보카도 달걀장 포케볼 ······················ 48

과일

구운 떡 과일 요거트볼 ······················· 130
구운 연어 파인애플 살사 샐러드볼 ········· 108
당근 사과 요거트볼 ··························· 126
바나나 브레드 요거트볼 ······················ 124
아보카도 게맛살 샐러드볼 ··················· 116
양배추 사과 샐러드볼 ························· 84
자몽 홍차 요거트볼 ··························· 136
치아푸딩 베리 요거트볼 ······················ 132
케일 망고 요거트볼 ··························· 134

177

이 책과 함께 보면 좋은 **'건강 잡는' 요리책 시리즈**

대사증후군 잡는 식사법은 따로 있다!
실천하기 쉬워 평생 지속 가능한 2.1.1 식단

- ☑ 채소 : 단백질 식품 : 통곡물을 2 : 1 : 1로 맞춰 먹는
  아침, 점심, 저녁 40가지 2·1·1 식단

- ☑ 모든 메뉴는 양념을 최소한으로 사용,
  구하기 쉬운 재료와 간단한 조리법 활용

- ☑ 대표 식재료, 자주 먹는 음식의 eGL 표,
  그대로 따라 하는 2주간의 식단 공개

- ☑ 전자레인지로 만드는 Low GL 밥, 저염 국, 김치, 양념장,
  간식 레시피까지 과학적인 영양 분석과 함께 소개

〈 대사증후군 잡는 2·1·1 식단 〉
남기선 & 레시피팩토리 지음 / 224쪽

당뇨 전단계에서 혈당, 혈압, 체중까지
정상으로 돌아온 셰프의 맛보장 저탄수 레시피

- ☑ 달걀&오트밀 요리, 수프, 샐러드, 밥&면, 일품요리,
  음료&간식 등 84가지 저탄수 균형식 레시피

- ☑ 당뇨 전단계 진단을 받은 요리연구가인 저자가
  직접 개발하고 식단을 통해 실천한 메뉴 수록

- ☑ 저탄수 균형식을 위한 저탄수 밥, 저탄수 홈메이드
  소스, 드레싱, 육수 등 알짜 정보 소개

- ☑ 전문 영양사의 정확한 1인분 영양 분석,
  영양 전문가의 자문으로 믿을 수 있는 탄탄한 내용

〈 당뇨와 고혈압 잡는 저탄수 균형식 다이어트 〉
윤지아 지음 / 208쪽

늘 곁에 두고 활용하는 소장 가치 높은 책을 만듭니다 레시피팩토리

홈페이지 www.recipefactory.co.kr

사찰 음식을 모티브로 한
쉽고, 맛있고, 건강한 비건을 위한 한식

☑ 밥과 죽, 면과 별식, 주전부리, 채소보양식 등
다채로운 채식 레시피 106가지

☑ 오신채를 사용하지 않고 제철 재료로 만들어
몸과 마음이 편안해지는 비건 한식

☑ 다양한 콩류와 두부류, 식물성 기름을 적극 사용해
채식이지만 영양이 부족하지 않은 레시피

☑ 흔한 재료와 기본 양념만으로 친숙한 듯
새로운 메뉴를 완성하는 셰프의 한 끗 다른 노하우

〈 매일 만들어 먹고 싶은 비건 한식 〉
정재덕 지음 / 220쪽

1년 내내 곁에 두고 활용하는
채소 미식가의 신新박한 열두 달 채소요리

☑ 색다르면서도 친숙한 한식부터 일식, 양식에
이르기까지 신新박한 채소요리 101가지

☑ 채소요리 클래스를 꾸준히 운영하며 노하우를
쌓아온 채소요리 전문가이자 채소 미식가의 레시피

☑ 절임, 장아찌, 건조, 냉동 등 제철 채소를
오래 저장하는 정보 수록

☑ 비건만이 아닌 채소를 조금 더 다채롭게 즐기고자 하는
채식 지향자를 위한 책

〈 월간 채소 〉
베지따블 송지현 지음 / 240쪽

매일 만들어 먹고 싶은

탄단지
밸런스
건강볼

| 1판 1쇄 펴낸 날 | 2024년 4월 3일 |
| 1판 2쇄 펴낸 날 | 2024년 6월 20일 |

편집장	김상애
책임편집	김민아
디자인	원유경
사진	김준영(happywave studio)
기획·마케팅	내도우리, 엄지혜

| 편집주간 | 박성주 |
| 펴낸이 | 조준일 |

펴낸곳	(주)레시피팩토리
주소	서울특별시 용산구 한강대로 95 래미안용산더센트럴 A동 509호
대표번호	02-534-7011
팩스	02-6969-5100
홈페이지	www.recipefactory.co.kr
애독자 카페	cafe.naver.com/superecipe
출판신고	2009년 1월 28일 제25100-2009-000038호

| 제작·인쇄 | (주)대한프린테크 |

값 19,800원

ISBN 979-11-92366-35-7

Copyright © 배정은, 2024
이 책은 저작권법에 따라 보호받는 저작물이므로 무단 전재와 복제를 금합니다.
이 책의 내용 일부를 사용하고자 한다면, 반드시 저작권자와 출판사의 서면 동의를 받아야 합니다.

* 인쇄 및 제본에 이상이 있는 책은 구입하신 서점에서 교환해 드립니다.